脚本・宇田学
ノベライズ・百瀬しのぶ

●●

日曜劇場『99.9』
刑事専門弁護士
SEASONⅠ(上)

扶桑社文庫
0746

斑目法律事務所

本書はTBS系ドラマ日曜劇場『99.9 一刑事専門弁護士一　SEASONI』のシナリオ(第1話～第5話)をもとに小説化したものです。

小説化にあたり、内容には若干の変更と創作が加えられておりますことをご了承ください。

なお、この物語はフィクションです。実在の人物・団体とは関係ありません。

日本の刑事裁判における有罪率は九十九・九％。
いったん起訴されたら、真相はどうあれ、ほぼ有罪が確定してしまう。
このドラマは、そうした絶対的不利な条件の中、残りの〇・一％に隠された
事実にたどり着くために、難事件に挑む弁護士たちの物語である。

第1話 〇・一%にこだわる型破りな男登場!! 逆転不可能な事件に挑め

　東京の夜空は曇っていて、黒と灰色を混ぜたような空が広がっていた。タワーマンションの二十八階のL字型のルーフテラスからは、都会の夜景がぼんやりと淡くにじんで見えた。視線を動かしていくと、ライトアップされた東京タワーが浮かび上がっている。

　季節は春。暖かい日が続いているが、夜のテラスは風が強いし肌寒い。ベージュのステンカラーコートを羽織った深山大翔(みやまひろと)は、肩にはさんだ携帯に向かって言った。

「風呂上がり、ベランダから夜景を眺めながら、友人に電話」

　その声に、目の前のデッキチェアに座っていた明石達也(あかしたつや)がうなずいた。白いバスローブ姿の明石のそばのテーブルにはワイングラスが置かれていて、いかにもセレブ風の演出がなされている。だが明石の頭には、小型カメラが装着されていた。明石は真剣な顔で、手にした電話の子機とデジタルの腕時計に表示される数字を見比べていた。

「あと十秒」

いよいよカウントダウンだ。深山の合図で、明石は目を見開き、腕時計のデジタル数字を凝視した。

「五秒、三、二、一……」

腕時計の数字が○時○分を示す。

「○時に電話を切った」

深山が言うと、明石は電話をテーブルに置き、立ち上がってバスローブの紐をほどいた。バスローブを脱ぎながら明かりの灯っているリビングに入っていき、ブリーフ一枚になる。リビングの床に置いてあった鞄の中から黒い長そでシャツを出してかぶり、次に片足を上げて黒い靴下を履いた。だがバランスを崩して倒れてしまう。

「急いで!」

深山もリビングに入ってきた。そして自分はそのまま玄関に向かい、廊下に出ていった。明石もすぐに飛び出した。黒いパーカーを羽織り、ズボンも黒。全身黒ずくめだ。そして歩きながら、右手に黒い手袋をはめた。

「エレベーターの監視カメラには映ってなかった」

「わかってるよ!」

声をかけられた明石はそのまま廊下を走っていき、非常階段のドアを開けて駆け下りていった。

その様子を見送った深山は、満足したように笑みを浮かべながら到着したエレベーターに乗り込んだ。B1で降りて、駐車場に向かって歩き出すと、明石が肩で息をしながら駆け込んできた。

「遅いなー、体力落ちたね」

「馬鹿野郎！　二十八階、駆け下りてきたんだぞ！」

文句を言いながらも、明石はキーを操作して、停めてあった黄色いスポーツカーのドアを開けた。

「カメラ下向いてるよ」

「わかってるよ」

深山は明石に注意をしてから助手席に乗り込んだ。「事故らないでねー」

明石はエンジンをかけ、思いきりアクセルを踏み込んだ。駐車場のスロープを上がり切って道路に出る。

「え、なんでスピード落とすの？」

急に慎重になった明石に尋ねた。

「下、すっちゃうでしょ？　車高低いんだから」

明石は黄色いスポーツカーの右折ウィンカーを出し、左右を確認して、車道に出た。

すぐに首都高に乗り、華麗な運転テクニックで右に左にと車線を変えて、百キロ以上の速度で飛ばしていく。

「あと三〇〇メートル。十五キロスピード上げて」

深山の指示で、明石はアクセルを踏み込んだ。

「来るよ」

深山が言った途端、パシャッと音がした。自動速度取締機、オービスに撮影されたのだ。

「光った、見たか?」

明石は興奮して深山を見た。

「前」

深山は笑顔だ。だがその笑顔は固まっている。目の前に大型トラックがいて、ぶつかる寸前だ。

「うわあああ!」

明石はハンドルを切り、どうにか衝突を回避して追い越し車線へと車線変更した。

「……死ぬかと思った」

「殺されるかと思った」

明石と深山はお互いに血の気の引いた顔で言った。

高速を下りてしばらく走ると、車は岡島(おかじま)科学研究所に到着した。左折のウィンカーを点滅させ、研究所の敷地内に入っていく。

「え、なんでスピード落とすの」

歩道に上がるときに、深山が尋ねた。

「下、すっちゃうでしょ。車高低いんだから」

明石は先ほどと同じことを答え、華麗なハンドルさばきで、研究所の入り口前に車を停めた。深山はドアを開けて先に降り、研究所内に入っていく。

「急いで～」

「こっちは鍵かけたりいろいろあんだよ！」

明石は深山が建物内に入ったところで追いついた。深山がセキュリティカードをリーダーに認識させると、ロックが解除されてゲートが開く。その途端に明石はまた走りだし、階段を駆け上がっていった。深山はエレベーターで三階に向かった。

　三階の廊下を歩いていると、明石がようやく追いついてきた。走ってくる明石に、深山はセキュリティカードをさしだした。受け取った明石がリーダーに認識させて、研究室へと続くガラスドアを開けて駆け込んでいった。そのまま廊下を駆け抜け、一番奥の三〇八号室にたどり着く。

「六〇二一七六四」

　深山が背後から暗証番号を教える。「六・〇・二・一・七・六・四」明石は数字をひとつひとつ復唱しながら押し、最後にＯＫのボタンを押した。研究室の扉が開いた。

「よ―――し！」

　明石は研究室内に転がり込んでいった。そして力尽き、床にへたり込んだ。続いて入ってきた深山は、腕時計を見た。

「二十一分三十一秒。時計は……ほっとけい」

　自分で言った親父ギャグに、深山はウヒヒ、と笑ってしまう。

「十一点」

　明石は息も絶え絶えになりながらもギャグに点数を付けた。二人のいつものお約束パターンだ。

「厳しいなあ」

深山は明石を見た。

「◎$♪×△¥●&#$……」

明石はもうまともに言葉を発することもできない。

「大丈夫？　ゆっくり吸って、はい吸ってー。はいゆっくり吸ってー、はいがんばって吸ってー」

深山は明石のそばにいって、指揮者のように手を動かしながら声をかけた。

「吐かせろや！　殺す気か」

明石が叫び声を上げたとき——。

「あの……」

部屋の中にいたスーツ姿の男性社員が立ち上がった。

「先生、やっぱりあいつがやったんですか？」

「ご協力、ありがとうございました」

深山は男性社員の質問には答えず、明石から受け取ったセキュリティカードを男性社員に返した。

＊

　翌朝、都心の高層ビルの前に、一台の高級車が停まった。中から降りてきたのは、佐田篤弘（さだあつひろ）だ。早足でビルに入ってエレベーターに乗り、佐田は斑目（まだらめ）法律事務所のある階で降りた。ピンと背筋を伸ばし、胸を張って歩いていくと、まるでモーゼの十戒のようにさーっと従業員たちが道をあけ、頭を下げた。元東京地方検察庁検事の佐田は、現在は多くの企業の顧問弁護士としてこの事務所に大きな利益をもたらしている。

　佐田が斑目法律事務所の受付に着いた頃、一つ下の階の会議室では、弁護士の志賀（しが）誠（まこと）と落合陽平（おちあいようへい）、そして立花彩乃（たちばなあやの）が、依頼者の木口淳平（きぐちじゅんぺい）と共に、訴訟相手のブレンシュトッフ社の社長たちと向かい合っていた。

　木口は、さしだされた『和解書』に目を通していた。

『木口淳平（以下「甲」という）と、株式会社ブレンシュトッフジャパン（以下「乙」という）とは、甲が開発した特許ＲＳ１１６９３１号の新型燃料バイオトルニージョの特許権にかかる譲渡の対価等に関して、下記のとおりで和解する』

とあり、その下に『１　乙は、甲に対し、就業規則に定める相当の対価として金二億円を支払う』などと列挙されている。

「二億？　こんな額で和解できるか！」

木口は声を上げ『和解書』をテーブルに叩きつけた。

「木口さんの開発したバイオ燃料の市場を考えれば、御社にもたらす利益は数兆円規模になります。私どもの請求額百五十億円は極めて妥当な金額です」

彩乃は言った。

「うちには勤務規定があって、契約書に署名がしてある。特許取得後は我が社に権利があるんだよ」

ブレンシュトッフ社の社長は余裕しゃくしゃくの表情で言い、顧問弁護士がその契約書を彩乃たちの前に置いた。

『雇用契約書』にはたしかに木口淳平のサインがあり、拇印も押してある。

「二十年……研究に二十年費やしたんだぞ。おい！　なんとかしてくれ！」

木口は声を震わせながら、隣に座っている弁護士の志賀誠と落合陽平を見た。二人は木口から目を逸らすように、ただじっと座っている。一番端に座っていた彩乃が契約書を手に、どうすべきかと考え込んでいるところに、佐田がドアを開け、入ってきた。

「何しに来たんだ？」

志賀が顔をしかめた。志賀はガタイがいいので威圧感がある。

「部屋間違えました」

佐田はすぐに踵を返した。

「あれ？」

そしてわざとらしく振り返った。「ブレンシュトッフ社さんじゃないですか。ちょうどよかった。渡す物があるんです」

佐田はカバンから封筒を出して、笑みを浮かべながらブレンシュトッフ社の顧問弁護士の前に置いた。弁護士は中を見ずに、社長に渡した。

社長が封筒を開けると中から『調査情報』というタイトルの資料が出てきた。めくると『インサイダー取引の疑いがある株主情報』とあり、調査対象はブレンシュトッフ社。そして株を買った人間の一覧が記載されている。

「燃料の開発に成功したことが発表される前に、御社の株を購入して大儲けした人間が計二十名、すべて御社の副社長である息子さんの友人たちでした」

佐田は言った。

「おい！　こんな脅しで、私たちが引き下がるとでも思っているのか！」

社長が立ち上がって佐田を睨み付けた。

「ちょっと、そっち詰めて、そっち」

佐田は志賀と落合の間に無理やり割って入ると、テーブルの真ん中にある電話の受話器を取った。そして、ある番号に発信すると、スピーカーにした状態で受話器を置く。

『はい、東経新聞です』

受話器から相手の声が聞こえてきた。

「斑目法律事務所の佐田と申します。経済部長の太田さんお願いします」

『お待ちください』

「はいー」

佐田は上目遣いでブレンシュトッフ社の社長を見た。

「わかった。とにかく電話を切れ」

社長は言ったが、佐田はその顔を値踏みするように見ていた。

「切れ！」

怒りに震えながら叫ぶ社長を見て、佐田は気乗りのしない顔で、電話を切った。

「どうぞ、おかけください」

そして、社長に落ち着いた口調で言うと、失礼します、と、会議室を後にした。

彩乃が志賀と落合とともにエスカレーターを上がっていくと、佐田と木口が向かい合って話していた。

「志賀先生に代わって、顧問をしていただけますか？」

「もちろんです」

ふたりは固く握手を交わした。

「お願いします」

「では失礼します」

木口は深々と頭を下げ、満足げに帰っていく。

「おい！」

志賀がエスカレーターを駆け上がり、佐田に食ってかかった。「こんなことが許されると思ってるのか？　情報を知っていたなら、担当の私に伝えるべきだろう！」

「よかったな。私という存在がいてくれて」

佐田は志賀と目を合わせずに言った。

「おまえなどいなくてもな……」

「次の仕事で裁判所に行かなくちゃならないんだ。失礼するよ」

佐田は志賀をその場に残し、去っていく。遅れて上がってきた彩乃は、怒りに震える志賀を無言で見ていた。

＊

東京地方裁判所の法廷では「よ───し！」と、岡島科学研究所の研究室に転がり込んでいった明石の映像が流されていた。あの夜、深山と明石が行った再現動画だ。

「こちらの通話記録が、山本さんが、深夜〇時まで自宅にいたことを裏付けています」

深山は裁判官に向かって通話記録を掲げた。

「彼が犯行時刻の〇時二十分までに現場にたどり着くには、今の映像の通り、高速を時速百二十キロ以上で走行しなければなりません。そのスピードで走行していたのなら、オービスが作動し、このように、警視庁への出頭通知書が届くはずです」

今度は、出頭通知書と写真を見せた。そこには、ひきつった顔でハンドルを握る明石と、助手席でカメラ目線の笑顔を見せている深山が写っている。「しかし、被告人である山本さんには届かなかった。それはなぜか。彼はそのスピードを出していなかったからです」

そこで被告の山本が大きくうなずいた。

「つまり、山本さんが犯行時間の〇時二十分までに研究所に到着することは……絶対に不可能です」


裁判を終えた深山は、傍聴席にいた明石と一緒に東京地方裁判所を出た。

「あー、これ無罪にならなかったら骨折り損どころのもんじゃないぞ、ホントに」

深山と並んで官庁街の歩道を歩きながら、明石はぶつくさつぶやいていた。

「え？」

「え、ってなんだよ、おまえに言っててんだぞ」

明石は怒っていたが、深山にはまったく響いていない。スーツのポケットから携帯を取り出すと、すぐに起動させて目の前の信号を渡ろうとした。

「あ！」

明石は深山の腕をつかんで引き戻した。その瞬間に左折してきた白いマセラティと接触し、深山の手から携帯が落ちた。運悪く携帯の上を、車の後輪が踏みつけていく。深山がぽかんと口を開けて携帯を見ていると、マセラティは曲がり切ったところで停止した。

「こらーっ、そこの高級車！」

明石は走っていった。運転席から、いかにも仕立てのよさそうなグレーの三つ揃えのスーツを着た男が出てくる。

「あんたの車がブーン、って来たから、危ないからバーッてやったらそしたらバーッて、危ないから手からポロって携帯が落ちてそれがブーって轢かれちゃったんだよ……！」

必死で訴える明石のことなどまったく気にすることなく、男は自分の車の左ボディをチェックしている。

「傷はついてない、安心しろ」

男は運転席に乗り込もうとした。

「心配すべきはそこじゃないだろ？　ほら！」

明石は深山を指した。深山は踏みつぶされた携帯を拾い上げて、男に割れた画面を見せた。

「あの〜、割れちゃいましたね」

男は言い「傷はついてない。心配しなくていいぞ、学生さん！」と、笑顔で手を上げ、運転席の扉を開けた。男の目には、紺色のスーツ姿にリュックを背負った深山は、どうやら就職活動中の学生に見えたようだ。文句を言っている明石はといえば、くせ毛ヘアに黄色のニット帽をかぶり、手作りのカレイの携帯ケースを斜め掛けにしている。いい年をしたフリーターにしか見えない。

「は?」

明石は顔をしかめた。男は車に乗り込む際に深山にウィンクを残して、去っていった。

「何ウィンクしてんの? おい嘘だろ、おい、なんだ、なんだあの勝手おじさんは……」

*

深山と明石は日比谷公園内を歩いていた。タイヤに踏みつけられたのに、携帯は画面にヒビが入っただけで奇跡的に無事だった。事故に遭いそうになり運転手に失礼な態度を取られながらも、深山は腹も立てずに、携帯を見てニヤニヤしながら歩いている。と、目の前にカフェが現れた。

「……はぁコーヒー飲みたいな」

明石は思わずつぶやいた。すると深山がスーツのポケットを探った。

「食べる?」

深山はブドウ糖とオリゴ糖の飴を取り出して、明石にさしだした。

「飴が舐めたいんじゃなくて、コーヒーが飲みたいんだよ、俺は!」

カフェのテラス席では、客たちが優雅にティータイムを満喫している。

「じゃ、飲んでくれば?」

深山はかまわずに歩きだした。

「金がないんだよ、誰かさんのせいで！　スーパーカーのレンタル代！　ガソリン代！　スピード違反の罰金！　赤字だよ！」

明石は財布から領収書を取り出した。

「山本さんの車、高かったもんね」

「そういうこと言ってんじゃないんだよ！　金にもならない事件ばかり引き受けて……。あー、おまえみたいな弁護士と一緒に仕事をしようと決めた俺がバカだったよ」

「え？」

「おまえみたいな弁護士と……」

「え？」

「聞こえてんだろ！」

「嫌なら弁護士になって自立すればいいじゃん」

あっさりと言い放つ深山に、明石は向き直って肩を揺さぶった。

「俺が二十年間、落ち続けてること知ってるだろ！」

明石はパラリーガル——弁護士の業務を補助する者——で、弁護士の深山が依頼された案件の独自調査をするときに協力している。三十三歳の深山よりも七歳年上の四十歳だが、主導権はあくまでも深山だ。

「まだ受かってなかったんだ？」

「くそ、くそ！」

明石は地団駄を踏んだ。右足、左足、と地団駄を踏むリズムに合わせ、深山は手を叩いた。ズンズン、という足踏みに、チャ、と手拍子が入る。深山はすっかり楽しくなってきたのか、拍手をするたびに「ヘイ！」と声を上げた。ズンズンチャ、ズンズンチャ……。『ウィ・ウィル・ロック・ユー』だ。

「♪ハロリロヒー……って、とこしか知らないよ！　歌ってんじゃないんだよ！　もーう！」

英語の歌詞がわからず、明石は情けない声を上げた。そしてカフェの前にあった水道を見つけ、口を潤した。

「なあ。いいかげん金にならない刑事事件から離れろ。なんのこだわりだ？　このまま生活できないなら、俺やめるぞ？」

「お疲れさまでした」

深山は歩きだした。

「引き留めろー！　そうじゃないだろ？」

明石は深山にすがりついたが、深山は何の感情もこもらない顔で振り返った。

「深山大翔くん、だね」

と、そこに、声がかかった。

深山と明石がカフェのテラス席を見ると、ズンズンチャ、と足踏みと手拍子をしているスーツ姿の老紳士がいた。

「変なおじさん来た。ヤバいヤバい、行こう行こう行こう」

明石は深山の上着の裾をひっぱって後ずさろうとしたが……。コーヒーをご馳走してくれるというので、二人は、テラス席で老紳士と向かい合った。

「ああ、コーヒーおいしい」

明石はしみじみとコーヒーを味わう。

老紳士は、ふたりの前に名刺を出した。

「はじめまして」

「あの日本有数の巨大ローファーム、斑目法律事務所のマネージングパートナー？斑目春彦(まだらめはるひこ)？」

明石は名刺を手に取り、目の前の斑目の顔を交互に見比べた。たしかに高級そうなスーツを着ているし、物腰は柔らかいがどこか威厳がある。

「うちの事務所で刑事事件専門のチームを新設することになってね。だがうちはみんな企業法務専門で、その道のプロフェッショナルがいないんです」

　斑目は深山に言うと、隣の椅子に置いてあった夕刊を手に取り、テーブルの上に広げた。『研究データ窃盗事件無罪判決　岡島科学研究所』という、つい先ほど東京地裁で判決が下った記事が載っている。

「君のことはずいぶん前から、耳にしていてね。まあ、君をヘッドハンティングしに来たってわけです。この額でうちと契約してくれないか？」

　斑目が深山にさしだした雇用契約書を、明石は手元に引き寄せた。

「三千万……三千万……三千万……！　いい話じゃないか」

　明石は年俸の欄を見て、目を見開いた。

「お断りします」

　だが深山は言った。

「え！　おまえはバカなのか？　本物のバカなのか？」

　明石は真剣な顔で深山を問いただした。

「人の下で働くのは合わないいんですよね」

　深山は笑顔で言った。

「検察に『厄介者』と呼ばれるだけあるね」

斑目に言われ、深山は照れくさそうに笑った。

「俺のことも考えろ！」

明石は深山の肩を思いきりつかんだ。「この弁護士事務所に入って、俺も連れていってくれ！」

「あくまで深山くんへのオファーで、君には関係ない話なんだが」

斑目が明石に言う。

「断ってもいいぞ」

明石はふてくされて椅子にふんぞり返った。

「これは、手付金だ」

斑目は厚みのある封筒をテーブルの上に置いた。明石は手に取り、封筒の中の一万円札を数えた。百万円はあるだろう。だが深山がその封筒を奪い取った。

「不本意ですが、僕の仕事にはこの人が必要なんです。一緒に行けないなら、この話は受けられないですね」

そして斑目の前に封筒を戻した。予想外の言葉に明石が口をパクパクさせながら感動していると、深山は続けた。「二十年間勉強しても弁護士になれない、どうしようもない金魚の糞みたいな人ですけど、これでも役に立ってるんです。一応」

「褒めてからのけなしが強い……」

明石が嘆いていると、

「わかりました。彼も受け入れることを検討しましょう」

斑目は言った。

「本当ですか？」

明石は感激で立ち上がったが、対照的に深山はがっくりとうなだれた。

「断る口実になったのになあ」

「ちょっと待って、断る理由に俺を使ったのか？ 今の言葉はすべて嘘だったのか？」

「八割二分はホント」

「なんだ八割二分って。後半の悪口は……」

「では、ということで」

深山は立ち上がった。だが、コーヒーが残っていることに気づいたので、カップを手に取って飲み干そうとした。そんな深山の態度に斑目は顔をしかめ。右手の小指で右の眉を掻いた。深山はコーヒーを飲む動きを止めて、じっとその斑目の動きを見た。でもすぐにコーヒーカップをテーブルに置くと、

「ごちそうさまでした」

くるりと背中を向けて出口に向かった。

「お、おい！　ちょっと待て、おい！」

深山を追いかけて立ち上がった明石は、どうするか迷ったがすぐにまた席に戻った。

そして斑目に問いかけた。

「あいつを説得できたら、俺も入れてもらえますか？」

「いいだろう。説得できる方法はあるのかな？」

斑目の問いかけに、明石はズンズンチャ、と足と手を鳴らした。

「ある！」

そう言って深山を追いかけようとし、もう一度足を止める。

「あの……さっき変なおじさんって言ってすみませんでした」

そう言うと、明石はすぐに深山の後を追った。

深山は公園のベンチに座って空を眺めていた。明石は深山の方に頭を向けて、腕立て伏せをするような姿勢でうつ伏せになった。

「何やってんの？」

「これ以上の土下座を見たことがあるか?」

「土下寝だね、土下寝」

と、そこに三輪車の子どもがやってきた。道をふさぐ格好になっている明石の脚にぶつかってくる。

「あ、痛てっ」

「ごめんね、邪魔だよね」

深山は立ち上がって子どもの三輪車のハンドルを動かし、明石をよけて前に進ませてやった。

「今年の学費も稼がなきゃならないんだ。頼む! 一緒に行こう! 斑目法律事務所へ!」

明石は顔を上げた。だがベンチに深山の姿はない。

「あれ、どこ行ったの?」

キョロキョロしている明石の後ろで、深山は右手で頭を掻いていた。

「……斑目ね」

そしてそのまま左耳に手を回し、ポリポリと掻いた。

＊

数日後――。

佐田は斑目に呼び出されてマネージングパートナー室へと出向いた。斑目は佐田に、新設する刑事事件専門のチームに行ってほしいと、言った。

「冗談はやめてください！」

部屋中に、佐田の声が響いた。佐田はこれまで企業法務ルーム室長を務めてきた。実績と自信はある。

「今やうちも社会に貢献する姿勢を示すべき立場にある。社会貢献とはいえ、うちのメンツは保たねばならん。検事時代に刑事事件を扱っていた有能な弁護士なら、やってのけてくれるだろうとね。適任者は君しかいない」

斑目は言った。

都会のビル群を見下ろせる部屋は白を基調にまとめられ、整然としているが、一角にはいくつかのトロフィーと共に『祝！　全国制覇！　常昭学園』と書かれたおよそ五十年前のラグビーボールが置いてある。『みんなと出会えてよかった』『最高の仲間とラグビーができて幸せでした』と、選手たち一人一人のメッセージも書いてある。

「金にならない刑事事件をやるつもりはありません。もしそれでもやれと言うなら独立します」

これは佐田の本心だ。

「給与は今と同じ額を渡す。任期は一年でいい」

「あなたが弁護士会の会長の座を狙っているという噂は本当だったんですね。そのためのポイント稼ぎにつきあう気はありません」

部屋を出て行こうと、佐田はくるりと背を向けた。

「一年間、君がやり遂げてくれたら、マネージングパートナーを君に任せる」

斑目が立ち上がり、後を追ってきた。

「事務所の経営を私に？」

佐田は思わず振り返った。

「君なら、正しい選択をすると思うんだが？」

「はあ……」

佐田は顔をしかめ、これ見よがしに大きなため息をついた。「条件は必ず守ってください

よ」

「よかった」

斑目が言ったところに、コンコン、とノックの音がした。

「紹介しよう」

斑目が部屋に通した男は、佐田を見て「あれ?」と笑顔を浮かべた。紺色のスーツにリュックを背負ったこの男、どこかで会ったような気がするが……。

「おまえ」

佐田も思い出した。

男はニヤニヤしたまま、画面にヒビの入った携帯の画面を佐田に見せてくる。

「何こんなところまで来てるんだ。電話ぐらい買ってやるよ」

佐田は多少動揺しつつも、さっさとこの男を帰そうとした。

「どうも」

男は顎を突き出すような仕草をした。

「君のために優秀な部下をつけようと思ってね」

斑目が佐田に言った。佐田と男の間で交わされた会話などまったく気にしていないようだ。

「深山、大翔です」

男がすたすたと佐田の方に歩いてきて、頭を下げた。

「……おまえ、弁護士だったのか」

就活中の大学生かと思っていたが、なんと同業者だった。

「深山、大翔です」

深山はポケットから弁護士バッジを取り出すと、もう一度ゆっくりと言った。

＊

法務部企業法務ルームに出勤した彩乃は、パターゴルフをしていた志賀に異動を言い渡された。

「え、私が刑事事件専門ルームに異動ですか？」

「斑目所長からの指名だ。理由は……知らん」

パターが決まり、志賀は「よし！」と、うれしそうにガッツポーズをしている。この人と話しても埒が明かない。彩乃はマネージングパートナー室に向かった。

「どうして私が刑事事件なんですか？　畑違いでまったくわかりません！　そもそも私は刑事事件を扱うためにこの事務所に入ったわけではありません」

彩乃は斑目に訴えた。

「じゃ、なんのためにここに入ったんだい？」

斑目は読んでいた書類から顔を上げた。

「……自分の能力を最大限に発揮できると思ったからです」

「若手の中で、君はトップクラスの成績だ。だけど、君の能力は別の方向にも活かせると思うんだよね」

「全然納得できない……」

「大丈夫、すぐにわかるよ」

のらりくらりとかわされ、彩乃はくちびるを噛んだ。

佐田は個室の自分の机で、深山大翔の資料を手に取った。表紙に顔写真とプロフィールが載っているが、佐田はもう片方の手に持った競馬の鞭でその顔写真をぐるぐるとなぞりながら、チッと舌打ちをした。

競馬好きの佐田の個室には、愛馬『サダノウィン』が陽花賞で一着になったときの優勝旗やゼッケンなどのコレクションがあちこちに飾ってある。

そこにノックの音がして、佐田担当のパラリーガル、戸川奈津子(とがわなつこ)が顔を出した。

「失礼します、川端(かわばた)不動産の銀座土地買収の件で、脅迫の電話がかかってきてますが」

「気にするな、いつものことだ。それより戸川くんね、私がこの一ヶ月で請け負ったクライアントとの会食のスケジュールを組んでくれ。事情を説明して、私から離れないようにしておかないとな」

「はい、わかりました。あと、斑目所長がさっそく、殺人事件の弁護を引き受けたようです」

「この深山という男がいる。こいつに任せろ」

佐田は深山の資料の表紙を奈津子に見せた。

「はい、失礼いたします」

奈津子はオフィスを出て行った。

「お手並み拝見といこうじゃないか」

佐田は立ち上がり、窓の外を見てニヤリと笑った。

＊

刑事事件専門ルームの部屋ができた。斑目法律事務所の受付の階の一階下にあり、刑事事件専門ルーム専用の階段で下りてくるようになっている。

作業員が『ｃｒｉｍｉｎａｌ　ｌａｗｙｅｒ』のシールを貼りつけている刑事事件専門ルームの部屋は横長で、入った正面が深山と彩乃の机。その前にパラリーガルたちの机が並んでいて、会議用の大テーブルやホワイトボードもある。佐田の個室もこの階に引っ越してきた。

明石は自分の机があることが嬉しくて、謎の手作り粘土細工を飾っていた。事務所勤めになってから、明石はいつもエンブレムのついたベージュのブレザーを着ている。

明石より少し年上の藤野宏樹は双子の娘の写真立てを机の上に飾っていた。藤野もパラリーガルで、担当弁護士は彩乃だ。

プロレス女子……通称『プ女子』の彩乃は、新日本プロレスグッズのクマのぬいぐるみなどのグッズや書籍で自席の周りを固めていた。写真立てには天龍源一郎の引退試合で相手をつとめたオカダ・カズチカ。新年に東京ドーム大会を観に行って、ロイヤルシートの特典としてもらった新日本プロレス特製パイプ椅子も置いてある。ちなみに座面はオカダ・カズチカと棚橋弘至、中邑真輔だ。

そんなみんなを、荷物などほとんどない深山は椅子に腰かけて眺めていた。深山の机の上には電話機しかない。

「すみません引っ越しでバタバタだと思いますけど、事件の概要です」

奈津子が資料を配り始めた。「都内で運送業を営む赤木義男さんが殺人容疑で逮捕されました。被害者は流通業界の風雲児として有名な、ネットショップｍａｘＶの社長・塙幸喜さん。赤木さんは事件の夜、酒に酔っていて記憶がなく、事件への関与を否定しています」

既にホワイトボードに被疑者と被害者の写真が貼ってあったが、資料にも同じように写真と事件の概要が書いてある。深山は両方のてのひらを両耳に当て、資料を見つめた。そして顔を上げ、リュックを背負って立ち上がった。

「先生？」

「どこに行くんです？」

奈津子と藤野が声をかけた。

「接見ですけど」

なぜそんなあたりまえのことを聞く？ といった調子で藤野に答えると「あの、これって赤木さんが逮捕される前に公開捜査になってますよね？」と、奈津子に確認した。

「はい」と奈津子は答えると深山は次に、彩乃を見た。

「あ、ね、きみ、僕が戻ってくるまでに、公開されてる防犯カメラの映像用意しておいてもらえる？」

「私、接見に行きますけど」

彩乃はムッとした表情で立ち上がった。すらりと背の高い彩乃は、ヒールを履いているので深山と視線が同じ高さだ。

「弁護士？」

「弁護士です」

彩乃はネームプレートを深山に見せた。

「じゃあパラリーガルの人？」

深山は声をかけた。

「あ、はい」

藤野と奈津子、そして明石が手を挙げた。

「お世話になります。藤野で――」

「防犯カメラの映像お願いします」

深山は藤野の挨拶を最後まで聞かずにそれだけ言うと、部屋を出ていった。被害者の塙家はかなりの豪邸で、かなりしっかりと防犯対策をしている。何台も設置されている防犯カメラの映像も、事件後に公開されていた。

「了解！」

明石は藤野の代わりに、大きな声で返事をした。

「藤野宏樹です……よろしくお願いしまーす」

藤野は部屋を出てすぐの階段を上っていく深山の背中に、むなしく挨拶の続きをした。

「三千万の契約を断る男ね」

奈津子が深山の背中を見送りながら言った。

「へぇえ」

藤野はうなずいていたが、

「えええぇ！」

明石は驚きの声を上げた。


ビルの外に出てきた深山は、立ち止まって彩乃の方に振り返った。

「何？」

「ね、今、手持ちある？」

「お金？　あるわよ、お金なら」

彩乃が答えると、深山は走り出した。

「どういうこと？　ちょっと!?」

問いかける彩乃には答えず、深山はビルの前に停まっていたタクシーに乗り込んだ。

彩乃も慌てて隣に乗り込む。

「お金持ってない？　じゃ、なんでタクシーに乗ったの？」

彩乃は深山に尋ねた。

「君が持ってるって、言ったから」

窓の外を見ている深山のマイペースぶりに苛ついた彩乃は、あきれて反対側を向いた。

「ね、携帯貸してくれない？」

今度は携帯まで貸せと言う。

「なんで？」

尋ねた彩乃に、深山はひび割れた携帯の画面を見せた。

「さっきから失礼なことばっかり」

呆れ果てた彩乃はロックを解除して、深山に携帯を渡した。待ち受けはオカダ・カズチカだ。

「センスのないケース」

深山は携帯を裏返し、新日本プロレスのライオンマークがデコってあるエメラルドグリーンのケースを見てニヤリと笑った。

「いいかげんにしなさいよ！　ねえ、会ってからさ、挨拶もしてないいんじゃない？」

彩乃は二十七歳。深山より年下だが、腹が立ちすぎてため口だ。深山は彩乃の気持ちなどおかまいなしに『ネットショップｍａｘＶ塙社長殺人事件』のニュースを検索し、ヒットした動画を調べ、見始めた。

『ｍａｘＶ社長・塙幸喜氏の自宅前に来ています。現場は……』

車内にニュースの動画が流れる。

「これが殺害現場か……」

「話、聞いてます？」

彩乃は深山を睨みつけた。深山は人差し指を口に当ててシーッと彩乃を制し、携帯の画面に集中していた。

『警察の調べによりますと、赤木容疑者の姿があちらの防犯カメラに映っており、赤木容疑者の逮捕に至ったと……』

＊

留置場の接見室にやってきた深山と彩乃は、透明の仕切り板の前で赤木が出てくるのを待っていた。ドアを開けて出てきた赤木は大柄で強面だが、かなり憔悴していた。

「どうも。お座りください」

深山は赤木に椅子を勧め、自分も腰を下ろした。そして名刺入れから出した名刺を仕切り板越しに見せた。

「はじめまして。弁護を担当する深山です。こちらは……え、誰？」

「弁護士の立花です」

彩乃はムッとしつつも、深山の名刺と並べて自分の名刺を仕切り板の赤木に見えるように立てかけた。その横で深山はカバンから新しいノートを出して、開いている。

「ではさっそくですが、ご出身はどこですか？」

「え？」

赤木は驚いて顔を上げた。

「なんで出身地を聞くのよ？」

彩乃は顔をしかめ、深山に尋ねた。

「赤木さんのことを知るために」

「弁護に依頼人の生い立ちが必要？」

「どこのご出身ですか？」

深山は彩乃を無視し、左手を左耳に当てて赤木に尋ねた。

「大阪府堺市出身で……」

赤木がぼそぼそと答える。

「生年月日は?」

「昭和四十一年八月……」

「当時の家族構成は?」「父…母…」「小学校はなんて学校?」「大阪府立堺……」「通知表にはなんて書かれていましたか?」「落ち着きのない……」「お子さんはいつ生まれたんですか?」「平成二十一年六月二十一日です」

深山は次々に質問し、ノートにメモしていく。彩乃は途中で何度も腕時計に視線を落としたり、深山のノートをのぞきこんだりした。深山のメモの取り方は独特で、ところどころ斜めになっている。

「……なるほどでは、事件の夜のことについて教えてください」

「やっと……」

彩乃が腕時計を見ると午後二時半を指していた。始めたのは午前十時前だったから、五時間近くが経過している。彩乃は、自分もノートを開き、ペンを手にした。

「……俺はいつも、八時には従業員を帰して、事務所で酒を飲むのが習慣やったんです。あの日は疲れてたんか、酔いが回るんが早うて、そのままソファで寝てしもうたんです。そのまま朝が来て、いつも通り仕事に出たんです。昼の休憩で事務所に戻ってテレビをつけたら、塙社長が殺されたっていうニュースが流れてて……」

ｍａｘＶは取引先だ。赤木は驚いて、お茶を運んできた妻の陽子と目を合わせたという。

「あなた、警察の人が……」陽子が驚きながら社長室に入ってきたあの日のことを思い出しながら答える。

「それから数日後でした。警察が来て、事件のことで聞きたいことがあるっていうて……」

「任意で警察に行ってそのまま逮捕されたんですか？」

深山は手を耳に当てて尋ねた。

「はい。事務所の机の下から袋に入った凶器が見つかったって。まったく身に覚えがないんです」

血の付いた刃渡り十五センチのナイフが出てきたのだという。

「事件の夜のことは、寝ていてまったく覚えてないってことですか？」

「せやのに検察はしつこく……。何べん否定しても信じてもらえへんくて……取り調べは毎日続いて……」

赤木は連日、東京地方検察庁の取調室で、検察官の丸川貴久（まるかわたかひさ）から取り調べを受けた。丸川はこれまでに刑事事件で敗北したことはないという、超優秀な検察庁の若手のホープだ。

「凶器からはあなたの指紋も検出された。塙社長宅の防犯カメラにもあなたが映っていた。記憶がないは通用しないんですよ」

丸川は言った。

「せやからその晩は事務所で寝てた言うてるやないですか」

「誰がそれを証明できますか?」

そう問いかけられ、赤木は言葉に詰まった。

「申し上げにくいんですが、ご家族の方は罪を犯したあなたを『どうにでもしてほしい』とおっしゃっているそうですよ」

「そんな……」

「あなたがこんなことをしたからお子さんも大変ですよ。学校にも行ってないみたいで」

丸川の言葉に、赤木は大きなショックを受けた。

「家族が俺のことを疑ごうてるなんて……もう……辛うて……」

そこまで話して、赤木は顔を上げた。「やってないんです。信じてください」

赤木は深山と彩乃に深く頭を下げた。

＊

佐田が外出先から戻ってくると、斑目がカフェカウンターでコーヒーを飲んでいた。

「事件に進展はあったかい？」

「さあ。深山にすべて任せてますんで」

佐田はそれだけ言い、自分の個室に戻ろうとした。

「きみは関わらないってこと？」

問いかけられ、佐田は足を止め、振り返った。

「斑目所長がスカウトしてきたってことはよっぽどデキる男なんでしょう。報告はちゃんと聞きますんで。しばらくは様子を見させてもらいます」

途中まではにこやかに、そして最後は真顔で言い、佐田は再び斑目に背を向けた。

接見を終えて刑事事件専門ルームに戻ってきた彩乃は、ホワイトボードを見てため息をついた。

「わかってるのは、これだけなのね」

「起訴前だしね。検察は請求しなきゃ最低限の証拠しか出してこないんだけどさ。刑事事件は、弁護士が圧倒的に不利。向こうは何十人、何百人って人間で捜査して証拠を集めるのに、俺たちはこの人数でそれと闘わなきゃならない」

明石は達観したような口ぶりで言った。

「厳しいですね」

藤野が言い、目の前に座っている奈津子とうなずきあう。

「それでは事件をおさらいします」

彩乃はホワイトボードの前に立ち、話し始めた。自席にいた深山は近くにあった台車にメモと筆記用具を載せ、ホワイトボードの近くにやってきた。

「ｍａｘＶの塙社長は、自宅で就寝中に刺殺されました。赤木さん逮捕の決め手となった重要な証拠は二つ。事務所で見つかった凶器から、赤木さんの指紋が発見された。公開された防犯カメラの映像に映っていたジャンパーと帽子が、赤木さんのものであると判断されたこと」

彩乃は緑色のジャンパーと帽子が写った資料を見せた。

「で、これが公開されていた防犯カメラの映像」

明石がパソコンを操作し、モニターに防犯カメラの映像を流した。事件当日二十二時三十分の時刻表示とともに、緑色のジャンパーに帽子をかぶった男が、塙家の門を乗り越えて侵入し、モニターに顔が映らないよう後ろ向きで歩いていく姿が映っている。

「あの」

深山は目の前に立った藤野に声をかけた。

「藤野です」

自分の名前をアピールする藤野に、深山はどいて、とジェスチャーで示した。

「で、犯行後」

十六分後の二十二時四十六分に再び門を乗り越えて出て行く、先ほどの男の後ろ姿が映っていた。両耳たぶに触れながらモニターを見ていた深山は、明石に声をかけた。

「公開された映像ってこれだけ?」

「あと二つある」

明石は、家の脇をすり抜けていく男の映像を二つ流した。両方とも後ろ姿だ。

「うーん、おかしいね……」

深山は言い、立ち上がった。「ちょっと行ってきます」

「どこに?」

彩乃が深山に尋ねた。

「現場」

「現場？」「うん」「この証拠を見るかぎり、私は赤木さんによる犯行だと思うけど？　真実は明らかでしょ？」

「真実っていうのはさ。百人いたら百通りあるものなんだよね。でも起こった事実っていうのは、一つだけ」

深山の言葉を聞いて彩乃は憮然としている。

「じゃ、行きますか」

立ち上がったのは明石だ。

「勤務時間過ぎちゃうんで私、帰ります」

奈津子は言った。

「うち子どもがいまして、双子の娘なんですけど、保育園のお迎えがあるんで帰ります」

藤野は写真立ての娘の写真をアピールしながら言う。

「俺も家で嫁と子どもが……」

明石も言いかけた。

「行くよ、明石さん」

深山に言われ、明石は「待ってたらいいのに……」とつぶやきながら鞄を手にし、

「待てよ！」と深山を追いかけた。「お疲れさまです」

深山は藤野たちに挨拶をして出ていった。

「立花先生の言う通り、検証する必要はないですよね。どう考えても起訴されますよ」

藤野は言ったが、彩乃は複雑な気持ちだった。

*

深山は両手で両耳を広げるようにして、目の前にそびえ立つ塙家の建物を観察していた。

「なるほど……」

明石は呟きながら、カシャカシャとカメラのシャッターを切っている。

「一つ聞いていいか？」

明石は深山に尋ねた。「何？」「三千万の契約金、断ったって本当か？」

「うん」

深山はあっさりとうなずいた。「いつまで続くかわからないし。でも月々の給料はちゃんともらえるよ」

「そういう問題じゃないだろ……」

　明石がギリギリと歯を噛みしめたとき、ヒールの足音が近づいてきた。深山が無言で明石の背後を見ているので、明石も振り返ると、彩乃が立っていた。

「うわっ、びっくりしたなあもう」

「わっ」

　明石と彩乃は同時に声を上げた。だが、彩乃はおおげさに驚く明石に顔をしかめ、その表情のまま、深山を見た。

「あなたの考えに賛同したわけじゃないから。私には私の弁護士としての信念があってここに来ただけですから」

「信念……」

　深山はふっと笑った。

「で、何かわかったんですか？」

「普通、防犯カメラっていうのは、侵入者の顔が映る位置に設置されてるはずでしょ。だから、顔が映ってる別のカメラがあるかなあと思って来たんだけど、ないんだよね」

「普通じゃ、ありえねえわな」

　深山も明石も首をひねった。

塙家は線路のそばだ。駅の入り口に出るにはガード下をくぐらなくてはいけない。先ほどまでは高級住宅街だったが、ガード下は薄暗く、景色が一変した。今は作業員がナトリウムランプを取り換える作業をしているので人がいるが、誰もいなかったらちょっと怖い。

「人通り少ないですね」

彩乃は言った。

「え?」

ちょうど電車が通って聞こえ辛く、明石は聞き返した。

「人通り、少ないですね!」

「あ、言っちゃったよ、そうだね。深夜なら尚更だろうな。ま、目撃証言出ないわなー」

明石は大声で答えた。

「明石さん」

先ほどから両手を耳に当てて先頭を歩いていた深山が、振り返った。

「明日のやること。まずはええと……接見ノート書き起こして。それと塙家の防犯カメラの角度と位置確認して。あ、そうだ、世田谷区の地図も買っておいて。あと飴も買っておいてほしいんだけど……」

「地図……飴？　飴は自分で買えよ！」

　メモを取っていた明石は、文句を言った。

＊

　翌日、深山と彩乃は、赤木運送に行き、妻の陽子と二名の男性従業員に話を聞いた。

「……なるほど赤木さんが寝てたのって、そのソファですか？」

　深山は事務所の奥にある黒いソファを指した。

「ええ」

　陽子はうなずいた。

「なるほど」

　深山は立ち上がってそちらに行き、自分も寝転がってみた。

「ちょっと！」

　彩乃が顔をしかめたが、深山はノートを手にしばらく横になっていた。奥は赤木の専用スペースのようだが、小さなパーテーションで仕切られているだけなので丸見えだ。

　赤木の机の周りには『苦しいときほど笑ってごらん』『気持ちを運ぶべし』などの筆書きの格言や、赤木の子どもが描いた絵などが飾ってある。

「事件の夜、赤木さんがここにいたと証言できる方はいませんか？」

「残念ですけど、八時前にはみんな帰宅してまして」

年配の方の男性従業員が答えた。

「赤木さんの様子はどうでしたか？」

彩乃が尋ねた。

「あの日の昼間にｍａｘＶの友永常務が来られて、契約打ち切りの通告をされたから、機嫌は悪かったんです」

「友永さん、契約打ち切り、機嫌悪い」

ようやく起き上った深山は、男性従業員の言葉をメモした。そして、赤木のデスクの上に透明のピルケースが置いてあるのを見つけた。曜日別に朝昼夜、と分けて薬を入れるタイプのものだ。

「これって、赤木さんの薬ですか？」

「そうです。高血圧なんで……」

答えたのは妻の陽子だ。

「朝、昼、晩って分けて飲んでるんですね」

「そういうとこ几帳面なんです」

「これを飲んでいることを、知っている人は？」

深山が尋ねると、男性従業員二人が手を挙げた。

「うちの社員は全員知ってるはずです」

陽子が言う。

「なるほど……」

メモを取りながら、深山は近くの棚に飾ってある写真を見た。赤木運送の前で、赤木とｍａｘＶの塙がバーベキューの串を手に笑顔で写っている。懇親会だろうか。ほかにも従業員やその家族らの姿もある。屋外でバーベキューをしているが寒い季節のようで、赤木は緑色のジャンパーを羽織っていた。

「ほかに当日のことで何か覚えてることありませんか？」

深山は尋ねた。

「あ、たしか、あの日の夜、この近所で火事があって消防車が何台も来て、大変だったと聞きました」

男性従業員が答えた。

「どこですか、それ？」

「五十メートルも離れてなかったと思います」

ふうん、と、深山はうなずいた。

深山たちが外に出てくると、赤木の息子、祐希がベンチに座って絵を描いていた。小学生くらいの男の子だ。

「こんなことになって学校に行き辛くなってしまって」

陽子が言った。「自分の父親が人殺しで捕まったことも、わかってるんです。親として何をしてあげたらいいのか……」

話していた陽子の体がぐらりと揺れた。

「大丈夫ですか?」

慌てて彩乃が支えた。気丈にふるまっているが、陽子も心労がたまっているのだろう。

「すいません……あの」

陽子が彩乃のトレンチコートの袖をつかんだ。その手は、今、倒れそうになったとは思えないほど、力強い。「あの人は無実だって言ってるんですよね?」

問いかけられ、彩乃は無言でうなずいた。

「お願いします。どうか、どうか、あの人を助けてあげてください。お願いします……お願いします……」

陽子はお願いしますと何度も繰り返し、頭を下げ続けた。

＊

その足で深山たちはｍａｘＶ本社に向かった。急成長した企業らしく、新宿の高層ビルの四フロアほどに事務所をかまえている。二人はビルの前で待ち、中から中年男性が出てくると、深山がさっと近づいていって声をかけた。

「友永さんですよね」

先ほど赤木の事務所で見た、懇親会の写真にも写っていた顔だ。写真ではラフな格好をしていたが、目の前の友永はパリッとしたスーツを着ている。

「あ……はい」

頷く友永に話を聞きたいと頼み、三人で近くの喫茶店に行った。

「あのときの赤木さんはとにかくものすごい剣幕で、大声をあげて私に暴力を振るおうとしましたから」

「具体的にはどのような？」

深山は尋ねた。

「あ、暴力と言っても威嚇されただけで、被害は特に……。社長が亡くなったのはショックでしたけども、赤木さんには本当に申し訳ないなと……」

「どういうことですか？」

「赤木さんがうちのために頑張ってくれてたのも、私が付き合いが長いからよく知ってるんです。それをあんな形で……」

友永はうつむいた。


ふたりはその後、消防署に行った。

「三月二十日です」

彩乃は目の前の消防士に、三月二十日に出動したかを尋ねた。

「ええ、たしかにその日は出動してますね」

消防士は出動記録を見てうなずいた。

「何台ほど？」

深山が尋ねた。

「十五台ほどですね」

「サイレンの音は？」

「もちろんです。だから相当うるさかったと思いますよ」

消防士は言った。

＊

深山たちが事務所に戻ると『赤木義男殺人被疑事件資料』のダンボール箱がいくつも積んであった。それぞれのダンボールには『・深山から言われた書類　・赤木義男氏の接見メモ起こし　・防犯カメラのキャプチャー写真　・ピルケースの写真　・塙家の図面　・塙家の防犯カメラ詳細　・世田谷区・杉並区の地図　・赤木陽子氏の証言まとめ……』などと中の資料を示すメモがクリップで留めてある。すべて明石の手書きだ。

深山が席に戻ると、机の上に飴の袋が置いてあった。『用意しておいてやったぜ！飴を買っといたぜ！』という明石の似顔絵入りメモも添えられていたがさっさと捨てた。

彩乃は新日本プロレスの特製パイプ椅子に乱暴にカバンを置き、ファイルを取り出した。

「あれ、君は?」

深山は声をかけた。

「立花です」

彩乃は露骨に不快な表情を浮かべて言った。

「うん、帰んなくていいの?」

もうかなり遅く、事務所には誰もいない。

「民事にいた頃は、もっと忙しかったんでおかまいなく」

「うん、食べる?」

深山はグラスに入っている飴をさしだした。『ありがとうオリゴ糖』の飴だ。

「おかまいなく」

彩乃は手元のファイルに視線を移した。

「あ、そう。さてと、これまでの証言を検証しますかね」

深山はダンボール箱から資料を出して作業をしようとしたが、部屋中ありとあらゆる場所にダンボールが積んである。

「……ここ狭いだろ」

深山はそのまま部屋を出た。出るとすぐに応接スペースがあり、こじゃれたテーブルとソファが置いてある。

「広いけど……さすがに邪魔だね」

深山はつぶやき、廊下の奥に歩いていった。そして佐田の個室を見つけ、ドアを引くと、施錠はされていない。深山はふむふむ、とうなずいた。そして佐田の個室に入っていき『事件当日　午前九時頃赤木義男氏勤務開始』『午後二時頃　友永邦夫氏、赤木運送に来訪。赤木氏、契約打ち切りの話をされる』『午後二時三十分頃　友永氏慌てて出てくる。赤木氏激怒。社長室に篭る』などと、明石がパソコンでＡ４用紙に打ち出した時系列や、集めた証言、写真などを壁に貼っていった。

「もう一度聞くけど、ここ使って大丈夫？」

しばらくして佐田の個室にやってきた彩乃が、呆れ口調で尋ねた。部屋じゅうに資料が貼り付けてある。

「もう一度言うけど、鍵開いてたから、大丈夫でしょ」

「私なら嫌だけどね」

彩乃は言ったが、深山はかまわずに一枚の資料を見ていた。

「やっぱりここかなあ」

深山は『火事に関する証言』という用紙に近づいていった。

「どういうこと？」

「あの夜火事があって、消防車が停まってた。こんな近くでサイレンの音が鳴り響いてるのに、起きないって不自然でしょ」

「やっぱり、赤木さんは事務所にはいなかったってこと？」

「もう一つ可能性がある。近くでサイレンが鳴り響いていても起きないくらい深く眠っていたか」

「……睡眠薬飲んでたとか？」

「飲まされたってことも考えられるよね」

「どうやって？」

「赤木さんは毎日高血圧の薬を飲んでいた」

深山はピルケースの写真を指した。「それを知ってる人物だったら、薬を入れ替えることは可能だよね。だとしたら、防犯カメラに映っているのは赤木さんになりすまそうとした誰かってことになるね……顔が映らない防犯カメラね……」

深山は耳を掻きながら、防犯カメラの映像をじっと見つめた。そして携帯を取り出し、電話をかけた。

「あ、明石さん？　明日の朝一までに用意してほしいもの言うね。うん、朝一」

＊

翌朝、佐田が出勤してくると、志賀と落合がロビーで待ちかまえていた。

「刑事事件専門ルーム室長の佐田先生」

志賀が進路をふさぐように近づいてきたが、佐田は目を合わせないようにしながら、進んでいく。

「きみがそちらに異動になってしまってからこっちはバタバタさ。やっと私の実力が発揮される」

しつこくつきまとってくる志賀を無視して、刑事事件専門ルームに続く廊下を歩いていく。

「深山とか言う男、なかなかおもしろいことしてくれてるよ！」

志賀が廊下の手前で叫んでいたが、佐田は振り返らなかった。だが……階段を下りて個室のドアを開けた途端、志賀の言葉の意味がわかった。

深山はロビーにパーテーションを並べ、塙邸の門から玄関までを正確に再現し、カメラも塙家と同じ位置に設置していた。通りかかったほかの部署の社員たちは、いったいなにごとだとのぞいている。

「これ、こっちのB。あと二度ぐらい低くして。あとそのC、水平に撮ってください」

塙邸の設計図を手にした深山は、カメラを設置している彩乃に指示をした。

「二度？」

細かい指示に彩乃は戸惑っているが、深山は別の場所へ指示しに行ってしまった。

「ああ、明石さん、それ上合わせじゃなくて下合わせで」

「ＯＫ」

明石は貼り付けたダンボールの位置を変えている。

「水平ってこれかな」

彩乃は深山を呼んで確認した。

「ああ」

すこし離れた場所の長机には五台のモニターが並んでいた。そこには、やることのない藤野と奈津子が座っていた。

「おお、すごいね。何やってるの」

そこに斑目がやってきた。

「実は殺人事件があった塙家の防犯カメラを再現しておりまして」

藤野は慌てて立ち上がり、並んでいるモニターの説明をした。

「おもしろいな」

「え？」

すっかり怒られると思っていた藤野と奈津子は、斑目を見た。

「おはようございます」

彩乃が現れ、斑目に挨拶をした。深山もいる。

「ここ借りますね」

深山は言った。

「そういうの先に言ってくれる？」

斑目は言ったが、深山は聞いていない。

「おい、何やってるんだ？　だいたい私の部屋を勝手に使ったのは誰だ？」

そこに佐田が血相を変えてやってきた。

「深山先生です」

奈津子が深山を指さした。

「あ、すいません、終わったらすぐ片づけますんで」

彩乃がかわりに謝った。

「こんなこと許可した覚えはないぞ」

佐田は引きつった顔で言った。

「許可がいりますか？」

深山はいつもの人を食ったような笑顔を浮かべている。

けた。

「佐田先生、一回やらせてみよう」

斑目が言った。納得できない表情の佐田に、斑目は「様子見るんでしょ？」と笑いか

今にもつかみかかりそうな佐田に、

「あたりまえですね」

*

「はい、回りました！」

カメラの録画ボタンをオンにしたのは、緑色のジャンパーに同色の帽子をかぶった明石だ。

「このカメラに顔が映らないようにすればいいんだろ？　楽勝だよ」

明石行きまーす！　と、手を挙げて、門に見立てたハシゴを乗り越えた。うつむき加減で上ってきて、下りようとしたところで、モニターを見ていた深山が声をかけた。

「あ、明石さん、明石さん顔見えたよ」

「マジで？」

首をかしげた明石に、「あ〜」とつぶやいた彩乃がもう一回、と、やり直すように指

をさした。

「明石、行きまーす！」

「どうぞ」「はーい」

深山と彩乃が言うと、明石はうつむいたままうまくハシゴを下りた。そして家の脇に見立てたスペースをすり抜けようとしたが、今度は別の防犯カメラに顔が映ってしまう。

「あー見えた」

「え？　あ、あっちか」

明石は自分の目の前に設置されているカメラをさした。

「もう一回！」

「明石行きまーす」

「どうぞ」「はーい」

「下向いて」「うん」

「おっ」「おお」

「あ！」「よしよし」

「あ見えた」

「前か！」

「……うーん」

その後も明石は何度かチャレンジしたが、毎回どこかのカメラに顔が映ってしまった。

「深山行きまーす」

今度は深山がやってみることになった。その頃には刑事事件専門ルームのメンバーや、通りがかりの従業員たちもすっかりこの実験に夢中になってモニターを見ていた。見ていないのは、モニターの後ろに置いてある椅子に仏頂面をして座っている佐田だけだ。

「まずは扉を上り、顔を下に向けて背中を向く。顔を隠しながら後ろに下がっていく……」

深山は記憶していた犯人の動きをつぶやきながら、その通りに動いた。

「おお、全然違うもんだね」

見ていた従業員たちが言う。

「やっぱ、俺のを見てたからですかね」

明石はいたたまれなくなって言い訳をした。「ここからは未体験ゾーンだからね。うまくいかないんじゃないかな」

「扉を開けるときに顔を隠す……」

深山はまだ顔を見せないまま進んでいた。

「いつまでやる気だ、アイツ」

佐田はブツブツ文句を言っていた。

「後ろ向きに下がっていき、割る」

深山は窓を割る仕草をした。五台あるカメラ全てに後ろ姿を見せたまま仮想の塙家の家に入ることができたのだ。

「完璧！」

見ていた従業員たちから拍手と歓声が上がった。

「やればできる」

明石もなぜか得意げだ。

「いけてました？」

拍手に迎えられて、深山がモニターの場所に戻ってくる。

「まったく同じ映像になった」

明石はうなずいた。

「これはたしかに不自然だ」

斑目が言った。

「犯人が顔を映さず窓から侵入できたのは、それぞれのカメラがどこまで捉えてるかを正確に知っていて、何度も練習しないと無理じゃないですかね」

深山は、ふてくされている佐田に言った。「担当検事に面会を申し込みます……っていうのは、許可してくれますかね？」

「好きにしろ」

腕組みをしていた佐田は、投げやりな口調で言った。

＊

深山と彩乃は検察庁に赴いた。丸川は二人の名刺を見比べて、彩乃の名刺ははじき飛ばし、深山の名刺だけを自分の前に置いた。彩乃は丸川を睨み付けた。

「あの有名な深山さんですね。お会いできて光栄です。で、今日はどうなさったんですか？」

「どうして、赤木さんに家族がどうにでもしてほしいと言ってるなんて嘘ついたんですか？」

ムッとした勢いのまま彩乃が口を開いた。

「なんのことでしょう」

「嘘ついてまで自白させたいんですか？」

「話というのはそのことですか？ 私も忙しいんですが」

明らかに不愉快な顔をしている丸川の目の前に、深山が『塙家防犯カメラ映像の再現検証資料』を出した。

「防犯カメラの映像を検証しました。赤木さんは何者かに睡眠薬を飲まされ、眠らされていた可能性があります。誰かが赤木さんになりすましたのかもしれない。その方向でもっと捜査してもらえませんか？」

「これは間違いなく、赤木の犯行です」

丸川は資料を手にしたが、めくってみもせずに、乱暴に机の上に置いた。

「資料にはちゃんと目を通してください」

彩乃が再び資料を丸川の方へとすべらせたが丸川は押し戻した。

「いや、目を通す必要はありません。ご主人が亡くなったショックで体調を崩していた塙社長の奥さん、ようやく病状が安定しましてね。事件当日のことを話してくれたんですよ」

新しい展開に、深山は耳に手を当てて身を乗り出した。

「あの夜、奥さん目撃してたんです、赤木のことを。犯行時刻の十分後、ガード下で、緑色のジャンパーを着た赤木が目の前を通り過ぎ、奥さんが『赤木さん』と声をかけたそうです」

塙の妻、望美（のぞみ）が赤木に声をかけると、赤木は驚きの表情を浮かべて逃げていったのだという。

「赤木の起訴は揺らぎません。どうぞお引き取りを」

丸川は立ち上がり、深山たちに出て行くようにとドアを開けた。

「奥さんの証言ね……」

深山は検察庁の廊下を歩きながらつぶやいた。と、目の前から男たちが歩いてきた。

一番前を歩くのは東京地検の剛腕、大友修一（おおともしゅういち）検事正だ。その後ろに秘書らしき男がふたり歩いてくる。深山は思わず立ち止まったが、検事たちは深山などそこにいないかのように、まっすぐに前を向いて歩いていった。

「深山先生」

歩いていた彩乃は、立ち止まっている深山に声をかけた。深山はハッとして、歩きだした。

「偉い人だね」

そしていつもの飄々（ひょうひょう）とした様子でつぶやいた。

＊

翌朝の新聞の一面には『運送業社長を殺人容疑で起訴　自宅へ侵入　塙社長殺害』の見出しが大きく掲載されていた。

「やっぱり起訴決定か」

新聞を見ていた藤野が、ため息をついた。背後から覗き込んでいた刑事事件専門ルームのメンバーたちが複雑な表情を浮かべている中、深山は一人、自席で飴を見ていた。

すると、オカダ・カズチカの入場曲『ＲＡＩＮ　ＭＡＫＥＲ』が鳴り響いた。彩乃の携帯の着信音だ。

「立花です。え？」

赤木の妻が、倒れて入院したという。彩乃は電話を切ると、深山とともにすぐに病院へと向かった。


廊下を歩いてくると、病室から赤木運送の男性従業員が出てきた。

「あ、どうも……容体は？」

彩乃は挨拶をし、声をかけた。

「大丈夫です。過労が原因で意識を失って、階段から落ちたみたいで……」

「お子さんはどこに？」

彩乃が尋ねると、病院の外にいるという。彩乃たちが出て行くと、祐希がひとりぽつんとベンチに座っていた。ただ前を見て、じっとしている。

「よいしょ」

彩乃は隣に腰を下ろした。

「泣きたかったら、泣いていいんだよ」

「男の子は泣くなって言われてるから」

「……パパに？」

彩乃が尋ねると、祐希はうなずいた。でも我慢の限界だったのか、声を上げて泣きはじめた。彩乃はその小さな肩をなでてやった。

「パパに会いたい……。なんで会えないの？」

「……祐希くん、もう少し頑張れるかな？」

彩乃は祐希に向き直った。

「僕なんでもするから、パパを返して。お姉ちゃん、パパを助けてあげて」

「……わかった。絶対約束する」

祐希は彩乃に抱きつき、思い切り声を上げて泣いた。と、そこに手持無沙汰に立っていた深山が歩いてきた。

なに？　彩乃は小さな声で尋ねた。

「飴、食べる？」

深山の手には『糖魂』と書かれた飴がのっている。

「状況を考えなさいよ」

彩乃は顔をしかめた。

「そうか」

深山は一瞬離れて行ったが、またすぐに戻ってきて、彩乃の顔をのぞきこんだ。そして、自分の前髪のあたりでハサミを使うようなジェスチャーをした。彩乃も、祐希も前髪がパッツンだと言いたいのだろう。彩乃はプイ、とそっぽを向いた。

＊

深山と彩乃はマネージングパートナー室に呼ばれた。そこで待ちかまえていた佐田が口を開いた。

「いいか深山。事件の引き金となった契約打ち切りの不当性を訴えて、情状酌量の可能性を探るんだ」

「まだ事実は見えていません」

深山は笑みを浮かべながらも、きっぱりと言った。

「赤木有罪の証拠は揃ってる」

「まだ検証はできていません」

佐田は、はあ、と大きなため息をついた。

「この状況で、引っくり返せるはずがないだろ」

「肝心なのは調書より事実だと思いますけどね」

深山はキャスター付きの椅子を左右に動かしながら言った。

「おまえも弁護士のはしくれなら、日本の刑事事件は起訴されたら、九十九・九%が有罪になるってことは知ってるよな」

佐田は立ち上がった。

「知ってますよ」

「それは検察が有罪確実な案件だけを起訴するからだ。裁判官もそれがわかっているから検察調書を何より信頼する。一旦起訴されたらな。裁判ってのは事実よりも、検察が描いたストーリー通りに進む、だからあきらめろ」

「さすが元検事らしいご意見ですね」

深山も立ち上がった。「でも、それじゃ弁護士には何もできないってことになっちゃいますよ?」

「だから、少しでも刑を減らすために情状証人を探せと言っているんだ。弁護士なら依頼人の利益を考えろ。このままじゃ時間切れになるだけだぞ」

佐田はテーブルの端の方に歩いていった。誕生日席にあたるその場所には斑目が座っている。

「佐田先生は依頼人の利益を考えるのかもしれませんが、僕にとっては依頼人の利益よりも、事実を明らかにすることの方が大事なんです。事実を知ることが弁護です」

深山も佐田のいるところに歩いてきて、二人は近距離で向かい合った。斑目は二人の間にはさまれる形になったので、立ち上がって自席に戻った。

「違う。依頼人の利益を考えるのが弁護だ。有罪か無罪かは関係ない」

佐田の信条は「勝たなければ意味がない」だ。

「ぼくは何が起こったのかが知りたいだけなんですよ。有罪か無罪かは関係ない。あ、ここだけは同意見ですね、佐田先生」

深山は笑顔で佐田の腕をポンポン、と叩いた。

「うるさい！」

佐田は眉間にこれ以上ないほど深くしわを寄せ、深山を睨みつけた。

「起訴されたら、九十九・九％が有罪になるん……」

「九十九・九％有罪だとしても、そこに事実があるとはかぎらない。〇・一％に事実が隠されてるかもしれない」

そう言うと深山は改めて佐田を見た。

「でしょ？」

にこりと笑い、では、と、部屋を出ていった。彩乃も席を立ち、後を追った。

「あんな奴をここに置いておくのは不利益です」

佐田は斑目に訴えた。

「そう？　いい着眼点だと思うけど」

「じゃあ勝てますか？　勝てませんよね」

「君が協力しなければね」

「私は協力する気はありません」

きっぱりと言い、佐田も部屋を出た。残された斑目は顔をしかめ、小指で眉を掻いた。

「どうするの?」

彩乃は深山の背後から尋ねた。

「やることは変わらないよ。新しい証言が出てきたのなら、それを検証する」

リュックを手に持ち、また外出しようとしている深山に付いて行くかどうか一瞬迷いながらも、結局、彩乃は行動を共にした。
＊

深山が検証のためにやってきたのは、塙の妻が赤木を目撃したと証言したガード下だ。

彩乃は緑色のジャンパーに帽子をかぶらされ、深山の前を走って通りすぎる。

「やっぱり、この距離からだと顔はわかるな」

深山は首をかしげながらノートにペンを走らせた。

彩乃は肩で荒い息をしながら、深山に帽子を投げつけた。

「もう!」

「五回も走らすことないでしょ!」

「奥さんは赤木さんをどう見たのか、あらゆる角度から検証しないとね」

「だったら、あなたが走ればいいじゃなーい!」

彩乃が叫んだとき、電車が通った。深山はノートを耳に当てて、きょとんとした顔で彩乃を見ている。この人に何を言っても無駄だ。彩乃は虚しくなって、壁にがっくりと手をついた。

『距離　速さ』など、深山はチェックしたノートに視線を落とした。

「うーん、奥さんの証言は正しいか……。よし、じゃ、次。はい、次はずーっと壁を見ながらダッシュ」

深山は落ちている帽子を拾って彩乃に渡した。

「あ――――」

彩乃は叫びながらガード下のスタート位置へ戻っていった。

「戻りました～」

深山は軽快に階段を下りて刑事事件専門ルームに入っていった。その後ろからヘロヘロになって入ってくる彩乃に、明石が尋ねた。

「こき使われた？」

「かなりね」

彩乃は新日本プロレスのパイプ椅子の上にドサッと鞄を置いた。

「公判まであと四日ですよ。難しいんじゃないですか？」

藤野が、コートをハンガーにかけている深山に声をかけた。

「ですね」

「あきらめないんですか？」

「まだ事実はつかめてないんで」

「なるほど。私は子どものお迎えがあるんで。お疲れさまです」

帰っていく藤野と入れ違いに奈津子が入ってきた。

「深山先生、ｍａｘＶは、急成長の裏で、ブラック企業並みの低賃金で社員に過剰労働を強要していたようです。赤木さんと同じように契約を切られた会社もいくつかあった」

奈津子は深山に資料を渡した。

「恨んでる人はいっぱいいたってことか……」

明石は言った。

「ん？ 終業時間過ぎてますけどどうしてこれを？」

深山は奈津子に尋ねた。

「あなたの防犯カメラの実験を見て、これは怪しいと思ったから」

そう言うと、奈津子はお疲れさまです、と、自席に戻っていった。

「お疲れさまです……ｍａｘＶの社内事情をあと四日で手っ取り早く知る方法……」

深山は考え込んだ。

「なくもありませんよ」

上着を着て、帰ろうとしていた奈津子が声をかけてきた。

「はい？」

「企業法務のプロである佐田先生に頼めば、ｍａｘＶの内情調査なんて朝飯前ですよ」

そして今度こそ、失礼します、と、出ていった。

「そこかー」

深山は両手で両耳をふさぎ、目を閉じた。

＊

佐田は建設会社の社長とフランス料理を食べていた。

「銀座四丁目の土地に関しても佐田先生のおかげです」

「法律上はなんの問題もありませんので」

そんな会話を交わす二人を、深山は少し離れたカウンター席からじっと見ていた。

「トマトジュースです」

目の前にまっ赤なトマトジュースのグラスが出てきた。

「どうも。佐田先生につけといてください」

深山はバーテンダーに名刺を見せた。しばらくして佐田が店を出たので、深山も立ち上がった。

「こんばんは」

歩道を歩いている佐田の前に、深山はひょいと飛び出していった。

「お願いごとがありまして。ｍａｘＶの社内事情をどうしても詳しく、早急に知りたいんです。調べていただけませんか？」

「大口叩いたんだぞ、一人でやれ」

佐田は深山をよけて、歩き出す。

「じゃあしょうがないか」

深山は佐田を追いかけ、並んで歩きながら「はい、これ」と、一枚の書面を渡した。

「先日、裁判所の前で、佐田先生、僕と接触事故を起こしましたよね？　その事故の目撃証言です。警察への事故の届出義務違反が記載されています。これって、先生の資格が問題視されますよね」

佐田に渡された書面には『目撃者の供述調書』とあり、明石達也の署名がある。佐田はチッと舌打ちをした。深山は佐田が手にしている書面を奪い返し、自分のポケットに入れた。

「ははは、俺を脅すのか。おまえ、たいしたもんだな」

佐田は歩きながら言った。

「一応、なんかのときに使えるかなっと思って、書面を作成して保険をかけておいたんですよ」

「たいした保険だな」

佐田は携帯を取り出し、録音を再生した。『一応、なんかのときに使えるかなっと思って……』と、深山が先ほど言った言葉が再生された。明らかに、深山は佐田を脅迫していることになる。

「おまえ、俺を甘く見るなよ」

「さすが佐田先生。でも、僕、しつこいですよ」

そこに、夜なのにサングラスという、いかにも怪しい黒スーツの男たちが前方から二人、後方から二人、歩いてきた。

「あそこの駐車場に車停めてあるから。明日、事務所に乗って来てくれ。たのむぞ安全運転な」

佐田は深山に車のキーを渡し、ポンと肩を叩いて走りだした。その途端にサングラスの男たち四人も走りだす。

「どういうことですか？」

深山はぽかんとしていた。

「君も含めて、私には敵が多いんだ！」

佐田は叫びながらすぐ近くのバス停に駆けていった。そこにバスがすべりこんでくる。

「川端建設が銀座の土地を買えたのはあなたのおかげだ、ありがとう！」

佐田は深山に向かって叫ぶと、バスに飛び乗った。サングラスの男たち四人が佐田を慌てて追ったが、バスは行ってしまった。四人の男は一斉に深山の方を振り返る。

「え。え、マジ？」

深山はバスを追って走りだした。

「この借りは、この借りは高くつきますよ！」

バスと並走しながら叫ぶ深山を見て、佐田はにんまりと笑った。

＊

湾岸の夜景を一望できるタワーマンション最上階の自宅に入っていくと、妻の由紀子(ゆきこ)

はもう寝ているのか、家の中は静まりかえっていた。リビングではトウカイテイオーと命名した愛犬のミニチュアシュナウザーが、ケージの中で何かを食べている。

「ただいまトウカイテイオー。おまえ何を食べてるんだよ?」

のぞきこむと、食べているのはステーキだった。さらにその横にはケーキのお皿があり『結婚記念日おめでとう』というプレートが添えられていた。

しまった、と思ったがもう遅い。すると、廊下を歩いてくる音がした。パジャマ姿の由紀子がじっと佐田を見ている。

「悪かった」

「謝ってほしいわけじゃないの」

由紀子はほほ笑んだが、もちろん目は笑っていない「なぜ、帰ってこなかったか、なんで連絡の一つもよこさなかったか説明してほしいだけなの」

「バスに……」

「説明になってない」

由紀子はUターンして寝室に戻っていった。

「しくったな……」

佐田は独り言をつぶやいた。

翌朝目を覚ますと、書斎のソファだった。昨夜、そのまま眠ってしまったようだ。

「あの人、昔の夢はノッポさんになることだったの」

リビングから、由紀子のはしゃいだ声が聞こえてきた。

「のっぽさん？」

問い返しているのは聞き覚えのある男の声だ。いったい何事だと、佐田は廊下に出ていった。

「知らないの？　えー――、これがジェネレーションギャップなのねー。でも、娘にもおもちゃを作ってくれたり、いい父親なのよ」

「え、娘さんいらっしゃるんですか？」

「そうなの、今はホームステイ中でね」

「ホームステイ？　どこにですか？」

「アメリカ。学校の行事の一環でね」

「へーえ」

妻と会話をしているこの声は……。リビングに入っていくと、予想通り、深山が妻と朝食を食べていた。

「おまえ、何やってるんだ？　メシ、食ってるな？」

佐田は深山を睨み付けた。

「いただいてます」

「なんでここでメシ食ってんだよ？」

「これですよ、これ、鍵」

深山はスーツのポケットから車のキーを出した。

「……おまえなあ」

カーナビで自宅を検索してここに来たということか。

「刑事事件専門ルームの室長になったそうね」

そこに由紀子が声をかけてきた。

「それで忙しいんですよ。僕らが仕事増やしちゃって」

答えたのは、深山だ。

「彼が納得のいく説明をしてくれたわ。朝食用意するね」

由紀子はキッチンに向かった。

「……おまえ、ただで済むと思うなよ」

佐田は、自分の定位置の隣に座っている深山を睨みつけた。

「協力してください」

「私はこの件には関わらない」

「お願いします」

深山は立ち上がり、深々と頭を下げた。

「断る。早く家から出て行け」

「情に訴えるのもやっぱりダメか。ま、佐田先生ですもんね」

深山はさっさと頭を上げ、鞄をごそごそと探った。「出したくなかったんだけどなあ」

「だから出てけよ！」

「はい、これ。斑目先生から預かった明日発売の週刊誌のゲラです」

渡された紙を開いてみると、佐田の顔写真とともに『辣腕企業弁護士・佐田篤弘氏が、古巣検察庁に挑戦状！』『注目のｍａｘＶ社長殺人事件に新展開か？』の見出しが躍っていた。佐田がぎょっとして深山を見ると、

「あ、普通でおいしい〜」

笑顔でベーコンエッグを食べていた。

＊

その日、佐田はパートナー会議に召集された。

「こういう記事が載る以上、うちとしても引き下がれませんね」

斑目はテーブルに例の週刊誌のゲラを出した。

「なんとしても、検察をギャフンと言わせてほしいものですね」

志賀が嫌味たっぷりの表情で、向かい側の席から佐田を見ている。

「佐田先生、お願いしますよ」

斑目に言われ、佐田はバン！と机を叩いて立ち上がり、個室に戻った。

「ｍａｘＶの社内事情を徹底的に洗う。東洋データバンクの内田さんのアポを取ってくれ」

佐田は怒りまかせに奈津子に命じた。

深山が出かけるというので、彩乃もついてきた。

「佐田先生がこの件に関わるって聞いたけど、どうやって引っ張りだしたの？」

「さあ」

深山は相変わらずつかみどころがない。

「お、頑張ってるみたいだね」

ロビーに出たところに、志賀と落合が歩いてきた。

「こっちは君の担当を全て引き継いで大変だよ」

同期の落合が彩乃に恩着せがましい口調で言う。

「いやねえ、私もね佐田がそちらに行ったおかげで、毎日忙しくて忙しくて」

ふたりはわざとらしい口調で言い、ははははは、と声を上げて笑った。

「あ、志賀先生お時間です。そろそろ行きましょう」

落合が声をかけ、「では失礼」と二人は笑いながら去っていった。

「ああああ、レインメーカーしたい」

彩乃は拳を握りしめた。

「あ、映画か？　コッポラ？」

「違う、技の方」

彩乃は思いっきり腕を振った。オカダ・カズチカの決め技だ。そして笑顔で深山の目の前に立った。「してあげましょうか？」

「いやいい」

深山はあっさり言い、歩きだした。

「で、これからどうするの？」

「考えを整理しに行く」

二人は西武新宿線の野方駅に降り立った。そして商店街をしばらく歩くと、いったい何時代なのかと思われるような『野方文化マーケット』というさびれた空間が現れた、深山は直角に曲がって、そこに入っていく。

「曲がるなら早めに行ってもらえますか？」

彩乃は文句を言いながらついていった。つきあたりは場末感漂う『いとこんち』という居酒屋だ。

「ここ？」

「ここ」

深山はうなずき、中に入っていった。

「へイらっしゃい！　あ、おかえり」

声をかけてきたのはカウンターを拭いていたアフロヘアの店長だ。

「ただいま」

深山は返事をして二階へ上がっていった。

「おかえり、ただいま?」

顔をしかめている彩乃を見て「え、え?　え、何?」と店長はなぜか色めき立っている。

「あ、どうぞどうぞ」

店長はカウンター席に座るよう言った。

「え、え、誰?　何?」

店長はまだ声を上げているがとりあえず放っておいて、彩乃は店内をぐるりと見回した。棚には『具志堅』『亜符露』『覇々嫌乃鈴』などの焼酎の瓶が並んでいる。壁に貼ってある『いとこんちのレキシ』と書いてあるのがメニュー表のようで『遣唐使ーザーサラダ』『聖徳明太子パスタ』『蘇我の旨煮』『ホッと卑弥珈琲』『横穴式ジュース　竪穴式ジュース』など歴史ギャグ満載だ。

「どうしよっかな〜。え、アニキ、どうしたんすか?」

背後で声が聞こえたので、彩乃は何気なく振り返った。テーブル席にいるアフロヘアの男性がビールジョッキを手に独り言を言っているだけだったのですぐに向き直ったが、もう一度振り返って立ち上がった。

壁に、ツタンカーメンマスクが飾ってある。額にジュニア第69代王者を意味する「69」が刻印されているあのマスクは、新日本プロレスの田口隆祐（たぐちりゅうすけ）のツタンカーメンマスクじゃないか。彩乃は笑顔になり、思わず両手の親指と人差し指で輪っかを作り、〝タグダンス〟をしてしまう。

深山はといえば、いつのまにかエプロンをつけカウンターの中で料理をしていた。白身魚を薄く切り、ミキサーにかけ、途中で卵を割り入れる。慣れた手つきでそんな作業をしながら、何やらじっと考えているようだった。

「犯人は赤木さんのジャンパーを着て、被害者宅に侵入。防犯カメラの位置も正確に把握していた。赤木さんには犯行時刻の記憶がない。睡眠薬を飲まされた可能性がある。被害者の奥さんは、赤木さんを見たのは犯行の10分後。見間違えた可能性は低い。事務所からは、凶器が発見された……」

「はい、ポテサラおまち。イカスミ風ね。いやー、びっくり！　大翔が女の人連れてくるの初めてだよ！」

店長が彩乃に声をかけてきた。店内に飾ってある営業許可証によると彼は坂東健太（ばんどうけんた）というらしい。

「ふうん、そうなんだ。ねえ！　ねえ！」

彩乃はカウンターの中の深山に声をかけたが、何も答えない。

「今はね、何を話しても無理だよ。料理しながらね、考えを整理する」

坂東が説明した。

「……彼はここの二階に住んでるんですか？」

「そう。あ？　今夜？　泊まってく？　泊まっ……」

「今夜も今後も百％ありえません」

彩乃はきっぱりと言った。

「ないんか、百％。ワンハンドレット……」坂東ががっかりしているところに、深山がカウンターからトレーを手に出てきた。「はい〜」彩乃の前に置かれたのは〝深山の自家製そばがきと簡単さつま揚げ〟だ。

「おいしそう……いただきます。ん、んー、おいしいー！」

さつま揚げを一口食べて、彩乃は声を上げた。

「ありふれた表現だね」

席を一つ開けて座った深山が言った。

「うるっさい！　で、どうするの？　裁判三日後よ」

「シーーーッ！　早く食べな」

結局、夕飯を食べただけで、深山からは何の話もなかった。

「別に送ってもらわなくても大丈夫なんだけどなあ……」

彩乃はぶつぶつ言いながら店を出てきた。店の前には赤い提灯がかかっているが、提灯はアフロヘアのかつらをかぶり、サングラスをかけ、髭もついている。その提灯を見ながら、彩乃は先ほど坂東が言った言葉を思い出していた。

「駅に行くガード下？　あそこはヤバいなあ。けっこう事件起きてるから、送ってもらいなさい」

帰りは別の路線の駅まで歩こうとしていた彩乃に、そう言ったのだ。

「ねえ、この辺ってそんなに物騒なの？」

彩乃は店から出てきた深山に声をかけた。

「世の中どこも物騒でしょ」

深山は歩きだした。

「で、どんな作戦なわけ？」

「まだ考え中」

しばらく黙って歩いているうちに、ガード下に出た。

「うわ、たしかに怖いわ」

ガード下に入ったとき、彩乃の携帯が鳴った。彩乃が立ちどまり、メッセージを打ち返していると、深山がいきなり携帯を取り上げた。

「なんですか?」

奪い返そうとしたが、深山は携帯を裏返して見ている。

「ストップ! なんで変えたの? ケース」

「変えてないわよ。返して」

彩乃は言ったが、深山はガード下の真ん中あたりまで走っていった。

「ちょっと待ってよ!」

彩乃は追いかけた。深山は立ち止まり、携帯ケースをライトにかざした。そして、自分の手で光を遮るように隠したり、またライトの下にかざしたりと、繰り返している。

「何が違う……?」

深山は両手を耳に当てて、ガード下を見回した。

「何かが違う」

そして、両手の人さし指で両耳の穴をふさいだ。そしてまた歩いていき、ナトリウムランプの下で立ち止まった。そして、人差し指を耳の穴からポン、と抜き取った。

ついに何かがわかったのか。深山が何を言うかと彩乃は期待していた。深山は真剣な表情を浮かべ、手にしていた携帯を耳に当てた。

「電話をかけても、誰もでんわ」

つまらない親父ギャグを口にし、深山はウヒヒと笑っている。

「つまんないんだけど……」

彩乃が言うと、深山はまた走り出した。

「ちょっと！　返してください！」

彩乃が慌てて追いかけていくと、

「ひとりで帰って！」

深山は携帯を地面に置き、そのまま走り去っていった。

「サイアク！　オーマイアンドガーファンクル！」

彩乃は田口隆祐のポーズで叫んだ。

深山は佐田の個室に飛び込んでいった。事務所にまだ残っていた佐田は、自席で資料を読んでいた。

「見つかりましたよ、〇・一％に埋もれていた事実が！」

「残念ながらこっちもだ」

佐田は今読んでいたｍａｘＶ社の調査報告書を、机の上に放った。

＊

裁判当日――。

深山と彩乃、そして佐田は東京地方裁判所へとやってきた。

「佐田先生、記事を拝読しましたよ。久々の法廷で錆びついてないことを祈りますよ」

ロビーで出くわした丸川が、佐田に声をかけてきた。

「僕も錆びついていないことを祈ってるよ」

佐田は背の高い丸川を見あげ、不敵な笑みを浮かべた。

深山ら弁護団は席に着いた。傍聴席には陽子と赤木運送の従業員、ｍａｘＶ社の友永の姿もある。そして、被告人の赤木が入ってきた。腰縄をつけられた赤木が目の前を通り過ぎるのを見て、陽子はなんともいえない表情を浮かべた。

「これより、検察官請求の証人尋問を行います。証人は、証言台の前に出てください」

裁判官が言うと、塙の妻、望美が証人席に座った。そして丸川による証人尋問が開始された。

「被害者の塙幸喜さんが殺害された時刻の十分後、三月二十日の午後十時四十四分頃、ご自宅近くのガード下を通られましたか？」

「はい」

「そのとき、どなたかにお会いしましたか？」

「赤木運送の社長の、赤木さんをお見かけしました」

「赤木さんはどのようなご様子でしたか？」

「『赤木さん』と声をかけたら、慌てた様子で走っていかれました」

「赤木さんはどのような服装でした？」

「緑色のジャンパーを着ていました」

望美ははっきりと証言した。

「では、弁護人、反対尋問をどうぞ」

「はい」

深山が立ち上がった。深山は手に握った緑色の布を望美に見せた。

「これ、何色に見えますか？」

「……はい？」

「何色に見えますか？」

「……緑色です」

「ありがとうございます」

深山は微笑み、布をポケットにしまった。そして尋問を続けた。

「先ほど、検事さんの質問にもありましたが、赤木さんはどんな服装でしたか？」

「緑色のジャンパーを着ていました」

「見間違えた可能性はありませんか？」

「主人の会社の懇親会などで、何度かお会いしているので、見間違えるはずはありません」

「あなたが赤木さんとすれ違ったときの距離はどれぐらいでしたか？」

「一メートルほどだと思います」

「失礼ですが、視力は？」

「一・〇です」

「では、赤木さんの顔を見間違えたということは絶対にない、と断言できますね」

「はい」

望美は力強く答えた。

「弁護人請求証拠十七号証を示します。こちらをご覧ください。これは今言った懇親会のときに撮られた写真ですよね？」

深山は望美の席まで歩いていき、写真を見せた。赤木運送に飾ってあったものだ。

「はい」

「あなたが見た赤木さんのジャンパーは、この写真のものと同じで間違いないでしょうか？」

「間違いありません」

「ちなみに赤木さんは、何色のジャンパーを着ていますか？」

深山が尋ねると、丸川が「異議あり！　重複した尋問です！」と、立ち上がった。

「弁護側、ご意見を」

裁判長が促した。

「先ほど質問したのはガード下で見たジャンパーの色であり、今質問したのは懇親会のときに着ていたジャンパーの色です。重複ではありません」

「異議を棄却します。弁護人、続けて」

裁判長の言葉を聞き、深山は丸川に席に戻るよう手で示した。

「もう一度お聞きしますね。この写真の赤木さんは何色のジャンパーを着ていますか?」

「緑色です」

「よく見てください」

「緑色です!」

望美の口調が苛立ってくる。

「間違いありませんね?」

深山は望美の方に身を乗り出した。

「ありません!」

「なるほど。つまり、事件の夜、自宅近くのガード下で、この写真と同じ緑色のジャンパーを着た赤木さんを目撃した。赤木さんとは何度も会っているから顔を見間違えるはずがない。これで合っていますか?」

「だから……何度も言ってるじゃないですか!」

「この写真のジャンパーと同じもので間違いないですね?」

「その緑色のジャンパーです。間違いありません!」

「裁判長、ここで証人の供述を明確にするため、弁護人請求証拠二十号証のビデオを再生したいのですがよろしいでしょうか？」

「どうぞ」

「お願いします」

深山が言うと、彩乃がパソコンを操作した。法廷のモニターに、実験を撮影した映像が映し出された。

そこにはガード下で『塙望美』という札を下げた彩乃と『赤木義男』という札を下げた明石が映し出された。明石は赤木運送の緑色のジャンパーを着て帽子をかぶっていた。

「赤木いきまーす」

という明石の合図で実験映像が流れ、二人がすれ違う。

「赤木さん」

望美役の彩乃が赤木役の明石に声をかけた。

「ここで一度止めて」

深山が言う。

「はい」

彩乃が停止ボタンを押す。

「これは証人が赤木さんを目撃したガード下と、同じ条件のもと、位置関係を明確にするために撮影したものです。あなたが目撃した状況は、この映像の通りですか？」

「そうです」

　望美に尋ねた。

「あなたはすれ違いざま、赤木さんのジャンパーだと気づき、声をかけたんですよね？」

「はい」

「あれ？　あれ、おかしいな」

　深山はわざとらしく声を上げた。

「え？　ちょっとすみません。この映像に映ってる人物、何色の服を着てますか？」

　そして、望美の前のモニターをのぞきこんだ。そこには走りだそうとしている明石の画像が映し出されている。

「黒です」

　望美は答えた。

「そうですよね。黒ですよね」

「黒です。」

「え、何色って言いました？」

「だから、どう見ても黒です！」

望美が言うように、明石が着ているジャンパーは黒い。

「この映像には続きがあります。再生してください」

再生すると、モニターの中の明石が歩きだし、トンネルを出てきた。すると、着ているのは緑色のジャンパーだった。

「みどり～！」

モニター内の明石が声を上げた。

「弁護人請求証拠二十一号証のジャンパーを示します。ただ今再生した映像のジャンパーです」

深山は赤木運送の緑色のジャンパーを手に持ち、かかげた。

「現在は交換しているのですが、事件当時、証人が赤木さんを目撃したとおっしゃったガード下ではナトリウムランプが使用されていました。専門の先生に話を聞いたところ、ナトリウムランプは、今の実験映像でもわかるように、その灯りの下では、人間の視覚には、緑も青も赤も、全て黒に見えるんです。つまり、証人がそのガード下で、緑色のジャンパーを見ることは不可能です。では、証人はなぜ実際には黒にしか見えないジャンパーの色を緑色だと証言したのか？　それは、緑色のジャンパーを着た人が通ることを事前に知っていたからではないのですか？　緑色のジャンパーを着た人が通る時間に合わせて、わざとガード下を通り、目撃したと証言したのではないですか？　赤木さんの犯行であると印象付けるために」

「異議あり！」

丸川が手を挙げた。「弁護人は自分の意見を述べているだけです」

「異議を認めます。弁護人は質問を変えてください」

裁判官は言った。

「ただ今の塙望美証人の証言により、赤木さんが犯行現場にいたとは断言できません。弁護人の質問は以上です」

「検察官、再主尋問をおこないますか？」

裁判官が丸川に言った。

「赤木さんの顔を見たと、おっしゃいましたよね？」

丸川は立ち上がり、望美に尋ねた。けれど望美は返答できずに目を伏せた。

「検察官からは以上です」

丸川は憤然とした様子で着席した。

「これで証人尋問は終了します。証人は席に戻ってください」

「裁判長！」

深山が立ち上がった。「ここでもう一つ、追加の証拠取り調べ請求をさせてください」

「どんな証拠ですか？」

「赤木さんにアリバイがあった証拠として、赤木さんの体から睡眠薬の成分が検出されたとする鑑定書の証拠取り調べ請求をします。まあ、ちなみに、誰が赤木さんになりすましていたのか、僕はもうわかっているんですけどね〜」

深山の言葉に、法廷内は再びざわついた。

「それは誰なんですか？」

丸川が深山に尋ねた。

「え、言っちゃっていいんですか。傍聴席の最前列にいらっしゃいますよ。あなたですよね、友永さん」

問われた友永は明らかに動揺し、証言台から傍聴席に戻ろうとしていた望美がワッと泣いて床に崩れ落ちた。

＊

裁判は閉廷し、深山は佐田と彩乃と一緒に歩きだした。

「佐田先生！」

丸川が追いかけてきた。

「何を根拠にこんなことをやっているんです？　奥さんには動機がないでしょう」

「奥さんは塙社長にＤＶを受けていたんだ。友人の証言も取れている。ああそうそう、社内調査の結果。これ後で読んでみろ」

佐田は鞄から資料を出し、丸川に渡した。

「友永常務は株式投資の失敗の穴埋めに、ｍａｘＶの金を使い込んで莫大な使途不明金を生じさせていた。そしておそらくそれを塙社長に気づかれた。つまり、社長に不正を気づかれた常務、社長にＤＶを受けていた奥さん。これらの二つの状況が、この二人を共犯者として結び付けた。そのうえ、赤木さんは友永常務と背格好が似ていた上に、契約問題で社長と揉めていた。つまり、動機があることになる。なりすまして罪をなすりつけるには格好の相手だった。この機会を逃してはならないと、まあ、二人は思ったんだろう」

佐田は一気にまくしたて、ハハハ、と笑った。そして、言葉もなく立ち尽くしている丸川に言った。

「錆を落とすにはちょうどいいウォーミングアップだったよ、ありがとう」

去っていく佐田の姿を睨み付けている丸川の脇を通り、深山と彩乃も裁判所を後にした。

＊

翌日の午前十時、検察庁で会見が行われた。

「本件の公訴取り消しについて、お詫びとご報告を申し上げます。有罪の根拠が不十分であるにもかかわらず、赤木さんを起訴してしまいました……」

次席検事の謝罪会見が、ニュースで流れている。画面には『誤認逮捕　公訴取り消しへ』というテロップが出ていた。東京地方検察庁の一室でそのニュースを見ていた大友は、深いため息をついた。

「今回の公訴取り消しは、あるまじき失態だ。検察の威厳に泥を塗った君たちの責任は極めて重大だ」

大友がゆっくりと立ち上がると、丸川もさっと立ち上がり、背筋を伸ばした。

「丸川くん、次の失態は許されないものと思え」

去り際に、大友は丸川の耳元でささやいた。

「……申し訳ありませんでした」

丸川はどこか一点を見つめながら深く頭を下げた。

深山は佐田と彩乃と共に、東京地検の廊下を歩いていた。すると、前から大友が歩いてきた。

「……大友さん」

佐田が立ち止まり、頭を下げた。

「おお、この件は佐田くんだったのか。道理で……君を引き止められなかった事を今更ながら後悔してるよ。ふっふっふ」

大友はにこやかに言うと、背後に立っている深山と彩乃に視線を移した。深山はまっすぐに大友の視線を受け止めた。

「彼らは？」

「ああ、私のもとで働いている深山です。あちらは立花です」

「はじめまして、大友です」

大友は深山と彩乃に声をかけた。

「……はじめましてですかね？」

深山は薄く笑った。

「どこかで会っていたなら、いやあ、これは失礼したね」

大友は深山にはそれ以上関心はないとばかりに「佐田くん、お手柔らかにな」と声をかけて去っていった。深山はその背中を強い視線で見送っていた。

*

赤木は深山と彩乃に付き添われ、赤木運送へと帰ってきた。

「今回は、ホンマいろいろとお世話になりました。ありがとうございました」

門を入ったところで、赤木は深々と頭を下げた。

「パパ、おかえり」

「祐希！」

事務所から飛び出してきた祐希を、赤木は泣きながら抱き留めた。後から出てきた陽子は、深山と彩乃に笑顔で頭を下げた。そして自分も「おかえり」と、赤木たちに抱きついた。

彩乃は三人が肩を震わせて泣いている様子をしばらく見ていたが、ふと気づくと深山はさっさと帰っていったようだ。

「深山大翔。面白い男だな」

斑目は自室で、ラグビーボールを手に満足げにほほ笑んでいた。

「今後、こういうことをリークするのは止めていただきたい」

佐田は『スクープ！　辣腕企業弁護士・佐田篤弘　古巣検察庁に挑戦状！』という自分の記事が載った週刊誌を、机の上に放り投げた。

「ひどいな。疑っているのか？」

「あなたならやりかねないと思っただけですよ」

「なにはともあれ、よくやった」

斑目の言葉に、佐田は呆れたように大きなため息をついた。


深山が刑事事件専門ルームを出て廊下を歩いていると、佐田が歩いてきた。

「飴食べます？」

深山はすれ違いざまに佐田に声をかけた。

「いらないよ。何を言ってるんだ？」

佐田は呆れた様子でそのまま通り過ぎた。

「いや、怒ってるから糖分が足りてないのかなと」

ぶつぶつ言っている深山の方に振り返り、佐田は右手をさしだした。

「はい？」

「私の儀式なんだ。どんな奴でも勝ったときは握手するんだ」

「お断りします」

深山はあっさりと言った。

「手を出しているんだから、おまえも手を出せ！」

だが佐田も譲らなかった。仕方なく深山はスーツで手を拭う仕草をしてから、右手をさしだした。お互いを称え合うようにがっちりと握手をすると、佐田は満足げにほほ笑んだ。そして再び、歩きだしたが、数歩歩いたところで何かに気づき立ち止まった。佐田が右手を開くと『おめでとう　ブドウ糖』の飴があった。佐田が振り返るのを見て、深山はニヤついていた。

「ブドウ糖です」

深山は笑いかけた。佐田は苦い表情を浮かべ、立ち去った。

「今……握手してた?」

そこに二人を遠めに眺めていた彩乃が現れた。

「なんか儀式らしいよ」

深山は言った。

「私、してもらってないけど」

「まあ、働きが不十分だってことじゃない？」

「あなたね、失礼なのよ」

彩乃は深山の前に回ってきて、右手を出した。

「餡欲しい？」

尋ねると、彩乃はチッと舌打ちをした。

「スリングブレードするわよ」

「なにそれ？」

尋ねる深山の右腕を彩乃は無理やりつかんだ。そして右手を握り、ぶるんぶるんと上下に振って、刑事事件専門ルームに戻っていった。

「痛た……すごい力だな……」

深山はため息をつきながらふっと笑い、彩乃と逆方向に歩きだした。

第2話 正当防衛か殺人か？ 隠された驚愕の真相

男は、魂が抜けたような顔つきで、夜のアーケード商店街の真ん中をふらふらと歩いていた。小柄で柔和な顔つきをしているが、頬の切り傷からはまっ赤な血が流れていて、淡い色のスーツのところどころには、血がついている。すべての店が閉まっている時間帯なので飲み会帰りの客ぐらいしか歩いていないが、その男とすれ違うと皆、酔いが覚めたような表情になり、避けて通っていく。

やがて、男の背後から、一台のパトカーがゆっくりと近づいてきた。

「ちょっとそこの人、止まって。大丈夫ですか？」

中から警察官が出てきて声をかけると、男はその場に崩れ落ちた。

「どうされましたか？」

警察官は男を警戒し、少し離れた位置から尋ねた。

「……襲われてナイフで刺されそうになったんです。それで、揉み合っているうちに刺してしまって……殺してしまったんです」

男の言葉を聞いた警察官は慌てて無線機を取り出した。

「通報のあった血まみれの男を発見。人と揉み合いになって、刺してしまったそうで……」

＊

佐田は、担当していた会社の社長室に来ていた。

「斑目先生が先日挨拶に来られまして、これからは刑事弁護専門でやられるそうですね」

品のいい白髪の社長に聞かれ、佐田は顔をひきつらせた。ここ数日、毎日のようにクライアントから呼び出される機会が続いている。そして、刑事事件専門ルームに異動したことを尋ねられ、今まで積み上げてきたクライアントがどんどん減っていく。どうやら斑目が手を回しているようだった。

ある朝、出勤してきた深山はロビーで斑目に声をかけられた。

「おはよう。どう？　慣れてきた？」

「それはこの事務所にですか？　それとも佐田先生に？」

「モーニングでもどう？」

斑目は深山の質問に答えることなく、歩き出した。

「遠慮します」

「おごるよ」

「お願いします」

深山は踵を返し、斑目を追った。

斑目と深山は事務所近くのカフェに入った。

「いただきマングース」

深山はローストビーフのサンドイッチの前で、両手を合わせた。呆気に取られている斑目の前で一口食べ、しばらく味わってから顔をしかめた。

「どうしたの？」

「……見てください」サンドイッチを開いて斑目に見せた。「少し脂身が多いでしょ？ローストビーフは本来、脂が少なくてもやわらかくジューシーに仕上がるものなんです。だからローストビーフの牛肉は脂身が少ないものを使うべきなんです」

「意外に食に厳しいんだね……食べないの？」

「いえ、牛に罪はありません」

深山は鞄から赤い小さな工具箱を取り出した。開けると、小さな容器に入れた十本ほどのマイ調味料が並んでいる。ふたを開けると重みでバランスが崩れて箱が傾いてしまうが、深山は神経質そうにそのたびに直す。

「失礼します」

深山は斑目のサンドイッチに手を伸ばし、勝手にパンを開くと、そこにパラパラっと『深山特製アイオリソース』をかけた。南フランスでよく使われている、マヨネーズに似た味わいのソースだ。

「それ、いつも持ってるの？」

尋ねる斑目には答えず「どうぞ」と、サンドイッチを戻した。斑目は黙って一口食べてみる。

「うん……たしかにおいしくなった」

「こうじゃないと牛に失礼でしょ！」

無神経に叫ぶ深山の声が、カフェ中に響いた。

「……牛」

斑目はサンドイッチを頬張る深山をじっと見つめた。

*

佐田はこれ以上ないほど顔をしかめ、ビルのエントランスに入ってきた。すれ違うビジネスマンたちはおののき、道を開けた。佐田はエレベーターホールに着くと、苛ついた手つきでガチャガチャと上昇ボタンを何度も押した。一台が到着してドアが開くと、中に乗っていた他社のビジネスマンは、佐田の顔を見て思わず「ごめんなさい」と謝りながら降りていく。佐田が乗り込むと、そばにいたビジネスマンたちは怖がって乗ろうとしない。

「おはようございまーす」

ちょうどそこに彩乃が駆け込んできたが、佐田の全身から発されている怒りのオーラを感じ「どうぞお先に……」と、すぐさま回れ右をしてエレベーターを飛び出した。

「乗れよ」

佐田がいかめしい顔で声をかけた。

「大丈夫です」

「遠慮するなよ」

「失礼します……」

彩乃は遠慮がちに乗り込んだ。

あまりに気まずいので、彩乃は階数表示のモニターをずっと見上げていた。すると、佐田の視線を感じる。見ると、佐田は彩乃が手にしている読みかけの本のタイトル――『刑事弁護プラクティス　新人弁護士養成日記』――を見ていた。

「あ、これあの……勉強しなおそうかなと思いまして」

彩乃はところどころに付箋が貼ってあるその本を見せた。だが佐田は無言だ。

「……すみません」

よくわからないが、とりあえず謝った。

「それ読み終わったら俺にも貸してくれ！」

佐田は機嫌の悪い顔のまま言った。

ようやくエレベーターが事務所の階に着いた。

「おはよう」二人が受付の前に歩いてくると、エスカレーターで上がってきた斑目が声をかけた。深山も一緒だ。

「おはようございます」

彩乃は挨拶をしたが、佐田はムッとしたままだ。そして、斑目の後ろから歩いてくる深山は目を伏せている。四人は刑事事件専門ルームに向かう廊下を並んで歩きだした。

「どうしたの？」

斑目が佐田に問いかけた。

「怒りに震えてるんですよ」

「どうしたの？」

彩乃の方は深山に声をかけた。

「牛の悲しみに共感しているんです」

「は？」

彩乃は首をかしげた。

「いいチームだねえ」

笑顔でうなずいている斑目に対して、佐田が口を開いた。

「すみません、私のクライアントによけいなことを話さないでもらえますか？」

「おっと、うっかり忘れるところだった」

斑目は持っていたファイルケースから書類を出して、返答する代わりに佐田に渡した。

「次の仕事だ。殺人で起訴されて正当防衛を主張している」

そして、斑目は佐田の腕を取り、小声でささやいた。「ほかのクライアントにもちゃんと回っておくから、気兼ねなく集中してやってくれ。じゃ、任せたよ」

そう言うと斑目は行ってしまった。佐田は書類をちらりと見るとすぐに深山に渡し、エレベーターの方へと戻っていく。深山は佐田を追った。

「え？　接見、一緒に行くんですか？」

深山が尋ねると、「ああ」佐田はうなずいた。

「それは断れないんですよね」

「残念ながらな」

深山と佐田は並んで歩いていった。彩乃も追おうとしたが、突然廊下のすぐ脇の会議室から、大量の人が出てきた。

「ちょっと待ってー！」

人波にのまれた彩乃が必死で声をかけたが、深山たちは行ってしまった。

「お願いですから、僕のやり方に口出さないでくださいね」

「うるさい！」

佐田は不機嫌な顔を崩さぬまま言った。

佐田は玄関前に回したマセラティの運転席に乗り込んだ。深山は助手席を開けようとしたが、なぜかロックがかかっている。

「ん？」

何度か開けようとしていると、スーッとウィンドウが開いた。運転席の佐田は深山に向かって両手を上げて肩をすくめ、そのまま行ってしまった。ひとり残された深山は、彩乃がビルから出てくるのをしっかりと確認すると、停まっていたタクシーに乗り込んだ。

「お願いします」

「どこに行くんですか？」

彩乃は後部座席をのぞきこんで深山に尋ねた。

「東京拘置所までお願いします」

深山が運転手に告げると、彩乃も急いで隣の席に乗り込んだ。

「ちらっと見たよね？」

彩乃が深山に尋ねた。

「うん」

「お金持ってないから待ったの？」

「うん」

頷く深山を睨みつけている彩乃に「お客さん、ちょっとドアいいですか？」と、運転手が声をかけてきた。

「どうぞ〜」

彩乃はにこやかに応じ、中に入った。そしてシートベルトをしようとしたが、引っ張ってもなかなか出てこない。

「これ、壊れてますね！」

彩乃は佐田のように顔をしかめた。

＊

接見室に山下一貴（やましたかずたか）が現れ、弱々しく深山たちに頭を下げた。グレーのスウェットの上下を着た山下は、三十代半ばだが、実年齢よりも若く見える。

「今回、弁護に当たらせていただきます、斑目法律事務所の佐田と申します。こちら深山と立花です。よろしくお願いします」

三人は佐田を真ん中に並んで腰かけ、名刺を仕切り板に並べた。

「よろしくお願いします」

頭を下げて着席した山下の顔には、絆創膏が貼ってある。

「前任の弁護人からの資料は読ませていただきました。同じことを聞くかもしれません

が、お答えください。では……」

佐田が進めていこうとしたところに、

「どこのご出身ですか？」

深山が体を乗り出した。

「……出た」

彩乃はつぶやいた。

「何を聞いてるんだ、おまえ」

佐田が小声で深山に囁いた。

「生い立ちから、今に至るまでをお聞きしたいんです」

「そんなことをしていたら日が暮れるだろ！」

「山下さんのことを知らないと、事実を見つけることができないかもしれないでしょ」

「必要ない！」

佐田は眉間に深いしわを刻んだまま目を見開いた。

「やっぱりこうなるから嫌だったんだよなあ……」

深山は天を仰ぐようにして言った。

「あの！　依頼人の前です」

彩乃は言い合いをしている二人に割って入った。仕切り板の向こうの山下が、不安そうな表情を浮かべている。

「おまえな、どうしても聞きたいんだったら、後で聞きなさい。でないとつまみ出すぞ！」

「はい」

深山はにこやかに佐田に答えると「安心してくださぃ、想定内なんで」と、山下に笑いかけた。

「……事件当日のことをお聞きかせしていただいてもよろしいでしょうか？」

改めて佐田が尋ねた。深山は左耳に左手を当て、山下の言葉に集中する。

「はい、あの日、私はたまたま立ち寄った店で飲んでいたら、彼が大騒ぎを始めて……。周囲の人間も迷惑そうにしていました」

彼というのは被害者の木内光のことだ。

「声の大きさはどのくらいでしたか？」

深山が尋ねた。

「かなりです」

「店中の人間に聞こえる程度なのか、それとも外の人間にも聞こえる程度なのか教えてください」

「店中に聞こえるくらいです。店長が少し静かにとたしなめたんですが……金なら払うんだ、文句は言うな、と注意を聞かなかったんです」

木内は立ち上がり、店長に一万円札が入った分厚い封筒をちらつかせたのだという。

「そのうち嫌気がさしたのか、何人かの客が帰り始めました。すると彼は、嫌がる女性の体を触り始めたんです」

女性店員の腕を掴んで、肩に手を回して無理やり隣に座らせようとしたらしい。

「それで、居ても立ってもいられず注意したんです」

山下は立ち上がり「ちょっといいかげんにしろ、あんた」と、木内と女性店員を引き離した。

「なんだ、てめえ?」

木内が立ち上がると、小柄な山下は木内に見下ろされる格好になった。

「やめろ」

しかし山下はひるむことなく言った。

すると……。

「そのまま、無理やり外に連れて行かれて……」

表へ出ろと襟首を掴まれ、口論の末に連れてこられたのは、人通りの少ない橋の下の工事現場だった。そこで木内は山下に向かって大声を上げ、威嚇しまくっていたという。

「怖くなって、話し合おうと言ったら……逆上して、後ろポケットからナイフを出して……」

落ち着けよと諭したが、興奮した木内はナイフを手に山下に襲いかかってきた。めちゃくちゃにナイフを振り回す木内に、山下は肩や顔を切られた。どうにか木内の手からナイフを取り上げようと、木内の手を両手で掴んだ。でも木内もナイフを離そうとはしない。

「そして、揉み合った末に刺してしまったんです」

気がつくと、ナイフが木内の腹に刺さっていた。山下は怖くなって逃げ、放心状態で商店街を歩いていたところを警官に声をかけられたのだという。

「殺す気はなかったし、ああしないと僕が殺されてたかもしれません……これって正当防衛ですよね？」

「ええ、あのそうなるように最善は尽くしますからね」

佐田が頷く横で、

「死んでいるということを確認したんですか？」

深山はさらに尋ねる。

「……してません。けど……　死んだん……ですよね？」

山下が尋ね返す。

「はい。警察に聞かれたとき、あなたは『殺してしまった』と話しました。確認もせず
なぜ死んだと思ったんですか？」

深山は資料を確認しながら言った。

「怒りに任せて、強く刺してしまいましたし」

「怒りに任せて？　怖さじゃなく？」

「……怖さ、も怒りもありました」

「何回刺しましたか？」

「二回です」

「どう刺しましたか？　上から下へ？　それとも下から上へ？」

深山はペンを持つ手でその動作をやってみた。

「おい！」

佐田が制したが、深山はまっすぐに山下を見つめ、答えを待っていた。

「……下から上です」

「なるほど」

「なに聞いてんだ」

佐田はあきれながらつぶやいた。

「あなたは相手から顔と肩と腕に傷をつけられました？」

「はい」

「今、脱げます？」

「おい！」

もう一度佐田が深山を制した。だがもちろん聞いていない。

「どこを切られたのか知りたいんで、お願いします」

バン！

佐田が台を叩いた。

「ちょっと来なさい」

そしてそのまま背後のドアを開けて廊下に出ていった。

「ちょっと行ってきます」

深山は山下に笑いかけ、佐田の後に続いた。しんと静まり返った接見室には、彩乃と山下だけが残された。

「依頼人は正当防衛を主張しているんだよ。それを立証するのが、弁護人の仕事だろ。傷をどこに負ってるかを今確認する必要はない！」

佐田は深山の襟元の弁護士バッジを掴み、何度か揺すった。深山はこくりとうなずき、さっと後ろを向いておもむろに接見室のドアにガン、と頭を思いきり打ち付けた。

「え〜〜〜っ？」

佐田は思わず引いてしまった。振り返った深山の額からは血が流れている。

「正当防衛だとしても、暴行を加えるまでの経緯、暴行の態様、相手方の態様が非常に重要になります。ただ本人の主張や、目撃者の証言には食い違いが見られることが多いんです。このように傷は自分でつけられる」

深山は前髪を上げて、額の傷を佐田に見せた。「だからもっと慎重にやらないと」そう言って自分の手を見ると、べったりと血がついていた。

「あ」

次の瞬間深山は気を失った。

接見室に戻った佐田は、とりあえず自分が聞きたいことを終えると、ノートを閉じた。

「必要なことはだいたいお聞きできましたので、私はこれで失礼いたします。連絡お待ちしております」

佐田と一緒に彩乃も席を立った。すると佐田が彩乃に小声でささやいた。

「立花、おまえは残りなさい」

「え？」

「わかったな。アイツ、何するかわからないぞ」

佐田は彩乃をその場に残し、帰っていった。

「では、改めまして。深山です」

深山が佐田の座っていた席に移動し、山下と向かい合った。

「まずは、生い立ちから……」

「あの、血……大丈夫ですか」

やはり山下も気になっているようだ。

「ええ、大丈夫です。気にせずいきましょう」

「気になります」

山下が言うのももっともだ。「え?」と言う深山の額には血がにじんでいる。今にも太い眉毛に垂れてきそうだ。

「はい」

彩乃はティッシュを出して深山に渡した。深山はティッシュを丁寧にたたみ、額に貼り付けた。ティッシュはうまい具合に傷にくっついている。

「では、生い立ちからお願いします」

「はい……一九八〇年生まれ」

「中年、年男ですか」

「はい……」

なぜかそこに食いつく深山に、彩乃は首をかしげた。

*

「戻りましたー」

深山と彩乃が接見を終えて刑事事件専門ルームに戻ると、もう終業時間だった。

「遅かったですね」

帰り支度をしていた奈津子が彩乃に声をかけてきた。

「生い立ちから聞いてたんです」

彩乃は訴えるように言った。

「開示されてる証拠類はコピー取ってきたぞ」

明石は台車でダンボールを運んできた。

「これ、ノート半分使ったから、まとめて」

深山は明石にノートを渡した。

「おーおーおー、けっこうな量だな」

「うわ、字、独特。これ読めるの？」

ノートをのぞきこんだ藤野は思わず目を丸くした。速記のような文字で、左から右へ書いていたかと思うと、突然斜めから書き出したりしている。しかもぎっしり詰め込んであって、余白はほとんどない。

「長年のつきあいですから」

明石は笑った。

「頭どうしたんですか？」

奈津子は台車を運んでいる深山に尋ねた。深山の額には絆創膏が貼ってあるが、血がにじんでいる。

「壁に頭ぶつけたんでしょう、自分で」

明石が言った。

「なんでわかるんですか？」

彩乃は驚いて声を上げた。

「長年のつきあいですから」

明石は繰り返した。深山は台車に載っていた段ボールから出した捜査資料を、会議用の大テーブルに並べ始めている。

「深山先生、何してるんです？」

藤野が尋ねた。

「依頼人の供述を全部照らし合わせるんです。今日は量が多いんで手伝ってください」

「おぅおぅおぅおぅおぅおぅおぅ……」

藤野は声を上げながら、奈津子とともに後ずさっていった。

「やりたくない警報鳴ってますよ」

明石がすかさずツッコむ。

「ちょ、ちょ、ちょ、この膨大な量に目を通すんですか？　今日中に帰れます？　明日、娘たちのお遊戯会なんです。双子のワカメ役です」

藤野は台車の上の段ボールを覗き込んで、深山に尋ねた。

「お風呂入らないで夜を越すなんて、私には信じられない世界なんですよ」

藤野と奈津子は主張したが……。

「じゃ、間に合うように頑張って」

深山は藤野に言い、奈津子には「まだ見ぬ世界へ行きましょう、ね」と言った。

「正当防衛の主張に必要？」

彩乃は尋ねた。

「事実を知るために、何が必要？」

深山は問い返した。

「……やりましょう」

納得した彩乃に、藤野が「え〜〜〜」と声を上げた。奈津子もがっくりとうなだれている。

「盛り上がってきたぜ、フォー！」

明石は張り切って高速でキーボードを叩き、深山のノートを清書し始めた。

『山下一貴（35）一九八〇年生まれ中年、年男　静岡県沼津市出身　一六四センチ五十二キロ　視力両目共に一・五　家族構成は父、母、被告人、弟　血液型はA型　利き手

は右手　実家は３ＬＤＫの集合住宅　両親の職業……』

結局、終電の時間が過ぎても作業は終わらなかった。彩乃は資料を読んで細かく仕分けし、藤野と奈津子は気乗りのしない様子ながらも、それらをプリントするなど、補佐している。深山は冷却グッズで額の傷を冷やしながら打ち出された資料を壁やホワイトボードに貼っていった。

『被害者とは面識はない。当日初めて会った。最初に手を出していない。検察の尋問にも素直に応じてる。怖くなって工事現場から逃げていきました。その後の道中は覚えてない。気がついたらもとの商店街を歩いていて、巡回していた警察官に止められ……』

明石は高速でキーボードを打ち続けている。

「よし、清書終了！」

時計が深夜三時を回った頃、清書を終えた明石は寝袋で爆睡し、藤野と奈津子もそれぞれの机でへたりこんでいた。彩乃はコーヒーを飲んでなんとか頑張っていたが、そろそろ限界だ。深山は、と見ると、壁一面に貼り出した資料を読み、ホワイトボードに何かを書き込み、被害者の写真を見ている。そんな深山の姿を見ながら、いつのまにか彩乃も机の上に突っ伏していた。

彩乃が目を覚ますと、あたりは明るくなっていた。時計は朝の八時を少し回っている。

「……あれ？　いない」

部屋の中に深山の姿はない。

「今、何時ですか？」

上着をかけて机に突っ伏していた藤野が目を覚ました。

「今……八時ですね」

「八時、まずい！　娘の出番、九時なんですよ！」

「あの藤野さん、ズボン！」

彩乃は思わず手で視界を隠した。立ち上がった藤野は、ランニングにトランクス姿だ。

「ん、ズボン？　あ、いつのまにすみません。あ、これ、癖なんです。癖なんで、ヤバいヤバい、僕あの、帰ります。すみません、おつかれさまでした！」

藤野がダッシュで帰っていくと、その音で奈津子も目を覚ました。

「まだ見ぬ世界ね……耐えられない」

奈津子は机の上に置いてある鏡を見た。

「あー、頭ボサボサ。なおかつ、ほぼメイクも落ちてる。こんな姿で外の世界にいるなんて……ああああ」

嘆いていた奈津子は、目を全開にしたまま寝袋でイビキをかいている明石のそばに黄色いニット帽があるのを見つけた。

「誰の？」

「明石さんのじゃないですか？」

彩乃が答えた。奈津子は帽子の匂いを嗅いでみる。

「くさっ」

一度は放り投げたものの、奈津子は改めて拾い上げ、深々とかぶった。

「かぶるんだ？」

彩乃が驚いていると、

「こんな自分を世界にさらすくらいなら、匂いなんか我慢よ」

顔を隠すように背中を丸めて出て行く奈津子を見送りながら、彩乃は伸びをして立ち上がった。ホワイトボードにはこの事件の流れや、現状わかっていることなどが打ち出され、貼り出されている。

「てか、きれいな字、書けんじゃん」

『木内氏　金の入った封筒を投げつける』の紙の下には『見つかっていない、どこへ？』、

『木内氏　激怒　山下氏の襟首をつかみ店の奥へ』の紙の下には『防犯カメラ？　交渉？』などと、深山が気になることが赤いペンで書きこんである。

さらに『山下　木内　同郷　静岡県』『★山下の供述では2回刺した　刺し傷の深さ、数→実際は5回　※追撃？　合わない？』などはとくに気になる点なのか、大きな字で書いてある。

彩乃は『木内さんの受傷に関する図』という資料をじっと見つめた。そこには、木内の刺し傷の位置が前から、横から、断面から、詳しく図解されていたが、同じ箇所を執拗に刺しているようだった。

＊

佐田は、妻の由紀子と朝食をとっていた。とくに会話もなくスクランブルエッグを食べていると、インターホンが鳴った。

「誰かしら？　こんなに早く」

由紀子が素早く立ち上がり、モニターを確かめにいった。

「嫌な予感がするな」

佐田は顔をしかめた。

「あなたの相棒さんよ」

由紀子は佐田に報告し、モニターに向かって「おはよう、今開けるわね」と、解錠ボタンを押そうとした。

「おい待て」

佐田は由紀子を制し、モニターの前にやってきた。予想通り深山が映っている。

「何をしに来た？」

「おはようございます。供述調書と証拠書類を調べたら、面白いことがわかりました」

「私は邪魔なんだろう？　いちいち伝えに来なくていいよ」

「今日土曜で、事務所休みですよ」

「月曜にしなさい」

「はいこれ」

深山は血まみれで倒れている木内の写真を見せた。

「うわ、びっくりした！　なんてもん見せるんだ、おまえ……」

ひるんだ佐田が一歩下がった隙に、由紀子が「えい！」と、解除ボタンを押した。

「あっ！」

「立ち話もなんでしょ？」

由紀子は楽しそうに笑っている。

「どうも」

深山がモニターの向こうで言うのが聞こえた。


「ひどいね、これ」

由紀子はテーブルに置かれた現場写真の資料を見ながら、ケチャップをかけたスクランブルエッグを食べていた。ナイフが刺さった腹部のアップもある。

「よく食えるな……」

佐田は資料から目を逸らしながら言った。

「私、こういうの全然大丈夫な人だから」

由紀子の言葉に佐田は首をかしげながら、ソファでトウカイテイオーと遊んでいる深山の方を見た。

「てかおまえ、何しに来たんだ？　用件があるんなら早く話してくれよ」

「山下さんは、二回刺したと言っていましたが、検死の結果は五回なんです」

「感情的になっていたから、記憶も曖昧なんだろう」

「二回と五回じゃ大きな違いがありますよ。それに刺し傷は、お腹だけに集中して、背中にまで達していたものまであった。これは正当防衛を主張するにあたって大きな問題です。もし五回刺したんだったら、山下さんが被害者を積極的に殺そうとした、と判断されるかもしれません」

「山下さんと被害者は初対面なんだぞ。そんな人間がなんで被害者に殺意を持つんだ？」

「それと、被害者の木内さんが持っていたはずの現金の入った封筒もなくなってたんですよね」

「山下さんの所持品からそんな封筒は見つかっていない。だから検察も強盗はつけないで殺人罪だけで起訴したんだよ」

「なら、どこに行ったんですかね？　封筒は」

こだわる深山に向かって、佐田はため息をついた。

「とにかく、もうちょっと調べてみます」

深山はリュックを背負って出て行った。

深山は、事件の夜に山下と木内が喧嘩をしたという居酒屋に出向いた。中からは若い男が出てきた。胸には『店長　脇矢英彦(わきやひでひこ)』というネームプレートを付けている。開店前で仕込み中だったが、深山を招き入れてくれた。

「死んだ木内は素行が悪くてね。うちも困ってましてね。ほかのお客さんに因縁をつけることも多かったですし……。あの日も金の入った封筒を見せびらかして、『金なら払うんだ。文句言うんじゃねえ』って騒いでたんですよ。だもんで……俺も何度か注意したんですけど、なかなか聞いてくれなくて」

脇矢は鶏肉に串を刺しながら言った。

「店から連れ出したのはどっちですか？」

「……木内ですね」

「店長は追いかけられた？」

「少し気になって表に出て探したけど、見つからなかったんですよ」

「探したのはどのあたりですか？」

「……ガソリンスタンドとか、コンビニとかの方です」

脇矢に礼を言うと、深山は店を出て現場近くの店や民家を回った。

「この橋の向こうで殺人があったんですけど…、なんかその後この辺で…」

「そのときのこと、何か教えていただいても……」

と、あちこちで聞いて回ったが、目撃証言は得られない。山下が逮捕された商店街に戻ってきて一軒一軒聞いてみたけれど、やはり手ごたえはない。唯一、商店街が十字路に交わっている場所にそれぞれの方向を向いた四台の防犯カメラが設置されていることに気づいた。そして、防犯カメラを管理する商店街振興組合の組合長を訪れた。

「今はさ、何だかプライバシーとかいろいろあって。見せられないんだよ」

組合長は言う。

「ですよね」

「見たいなら検察か裁判所のあの、許可を取ってきてくれよ」

「また、今度来ますね」

深山はあっさり引き下がった。

週明けの月曜日、深山は事件が起こった工事現場にやってきた。高速道路下の川べりで、橋の下には船がつながれている。昼間でも人通りがほとんどなく、死角になっていて、いかにも事件が起きそうな場所だ。深山は立ち止まり、耳を澄ませ、気持ちを集中させた。目を閉じ、胸の前に両手を掲げて、山下が話してくれた言葉を頭に思い浮かべる。

「ううん……納得いかないね」

深山は目を開けて、つぶやいた。何かが引っかかる。だがそれが何かはわからない。

そこに、コツコツというヒールの音と、咳払いが聞こえた。振り返ると彩乃がいる。

「どうしてここに？」

「聞き込みをしてたら、あなたがこの辺りをウロウロしてるって聞いたんで」

「組織ってやっぱ面倒だな……」

「はあ？」

ムッとしている彩乃にはかまわず、深山はリュックからファイルを取り出した。倒れている木内の写真や、木内の略歴などが記載された書類、山下の拘留状などが入っている。木内は静岡県富士市出身の二十二歳。年齢は十歳以上離れているものの、沼津市出身の山下と出身地は隣同士だ。

「今、手持ちある？」

深山は彩乃に向き直った。

「あなたね……」

「給料もらってないんだよね、まだ」

「どうする気？」

「視点を変えてみる」

深山は歩き出した。

「どこ行くの？」

「静岡」

「静岡……静岡？」

彩乃は何度も確認しながらも、深山についてきた。

＊

深山たちは私立富士不見高等学校を訪れた。木内の出身高校だ。幸いなことに木内の当時の担任、霜田(しもだ)は今もこの学校にいた。

「バチが当たったんですかね」

霜田は事件を聞き、しばし絶句した後そう言った。

「バチ？」

彩乃が聞き返す。

「両親と離れてここに入学してきたんですけどね。素行の悪い奴らとつるむようになって。卒業した後、ある事件を起こしたんです」

「事件、ですか？」

深山は聞き耳を立てるように乗り出した。

「女性を暴行したんです」

霜田は顔をしかめた。

「てことは、木内さんは少年院に？」

「いえ、示談が成立して、保護観察になりましたよ。だもんで……」

「……ん？」

深山は何かに反応した。

「だもんで、その後も木内は何事もなかったかのように暮らしてましたよ」

「その被害者の方ってわかります？」

「ええ……、その子もうちの卒業生だったんで」

霜田は言った。

＊

「佐田先生！」

佐田が廊下を歩いていると、落合が追いかけてきた。

「佐田先生、朝霧(あさぎり)インターナショナルの朝霧会長がお越しです」

「朝霧会長が？」

「まずいですよ。今回の佐田先生が扱っている案件ですが、亡くなった男性は朝霧会長のお孫さんです」

　落合の言葉に、佐田は眉根を寄せた。

　応接室に行くと、朝霧慶一郎（あさぎりけいいちろう）が待ち構えていた。普段は実に品があり、穏やかな朝霧だが、今まで見たことのないような厳しい表情を浮かべている。

「君がこの事件の弁護を担当すると聞いて驚いたよ」

「朝霧会長のお孫さんとは知らず、ご葬儀にも伺えず申し訳ございません」

　頭を下げる佐田に、朝霧は事情があって、密葬にしたのだ、と言った。

「君にお願いがある」

「はい」

「この事件、どんな形でもいいから、一刻も早く終息するように計らってくれ」

「お孫さんが殺されたのにですか？」

「……察してくれ」

「……正当防衛を成立させられれば、すぐに片が付くでしょう」

「それでかまわん。よろしく頼む」

「はい、わかりました」

「ただ……」

「なんでしょう？」

「私のところに入っている情報で、この事件を調べまわっている人間がいるそうなんだ、お宅の弁護士で」

　そう言って、朝霧は帰っていった。

　それは深山に違いない。佐田が刑事事件専門ルームに行くと、やはりもぬけの殻だった。ため息をつきながら深山に電話をかけると、なんとも不思議な響きの着信音が近くで鳴った。見ると、深山の携帯は机の上に置きっぱなしだった。佐田は彩乃に電話をかけた。

　オカダ・カズチカの入場テーマが鳴り、彩乃はリズムに乗り出した。だがすぐに我に返ってテーブルの上の携帯電話を見た。画面には『佐田篤弘』と出ている。彩乃は慌てて電話に出た。

「お疲れさまです」

「もしもし？　おまえ深山と一緒か？」

「はい」

「ちょっと変わってくれ」

「はい」

彩乃は目の前にいる深山に「佐田先生」と、携帯を渡した。

「どうも」

「おまえ今、どこにいる？」

携帯から、佐田の声が漏れてくる。

「うなぎ屋です」

「うなぎ？　とにかく、どこにいるんだよ？」

「静岡ですよ」

「何やってるんだよ、静岡で？」

「だからうなぎを食べに」

「わざわざうなぎを食べに静岡に行ってんのか？」

「んなわけないでしょ、聞き込みですよ。被害者の木内さんなんですが、二年前に静岡で強姦事件を起こしてました」

「……本件とは関係ない」

「関係ないかどうかは、まだわかんないですよ」

「どういうことだ？」

「山下さんは、静岡県沼津市出身で、つい二年前までそこに住んでいたそうです。今からその強姦事件の被害者の家に行ってきます」

「その必要はない。とにかく今すぐに戻れ！　おまえこれ以上調べてもな、依頼人の利益にはならないぞ」

「だとしても、事実を明らかにしておくべきです。あ、ちょうどうなぎがきました。冷めちゃうんで、では」

「おい、深山！　おい！」

佐田が叫んでいる声が彩乃にも聞こえてくるが、深山は電話を切ってテーブルに置いた。さっきからずっと冷や冷やしながらやり取りを聞いていた彩乃は「大丈夫なの？」と、不安げに尋ねた。

「うん、冷めたらうなぎが悲しむだけだからね。では、いただきマンドリル」

「出た。出た、何それ」

顔をしかめる彩乃の前で、親父ギャグを決めた深山は満足そうにうな重を食べ始めた。

*

被害者宅はお茶農家だった。

「うん、ここだ」

深山は地図を手に、茶畑の奥にある民家を目指した。

「うなぎ代、月末に返してくださいね」

彩乃は背後から声をかけた。

「うん」

「返さなそ――――！」

そんな会話を交わしながら、ふたりは民家に到着した。工場兼自宅になっているようだ。理由を話すと、被害者の母親が家にあげてくれ、お茶を出してくれた。

「ではさっそくですが、お話うかがってもいいですか」

深山はちゃぶ台の向かい側にいる母親に尋ねた。

「ちょっと！　そんな無神経な」

彩乃は深山を小声でたしなめた。

「……事件があったのは事実です」

母親は淡々と答えた。

「示談で終わらせました？」

「はい。裁判になれば長引いて、何度も思い出さないといけないでしょう。本人も結婚前でそれを望んでいませんでした」

そう言って母親は奥の部屋を見た。彩乃が振り返ってその視線を追うと、被害者、多佳子(たかこ)の写真が飾ってあった。清楚な雰囲気の女性だ。

「だもんで……相手の弁護士から、そういう話がきて、受け入れたんです」

「お金の話ですか？」

「そうです……でも、それが間違いでした。示談が成立して、すぐでした……あの子が自殺したのは。」

母親はそう言うと、庭で作業をしている父親と、被害者の妹を見た。二人はこの話に触れたくないのか、居間に入ってこようとしない。

「……その犯人は死んだんですよね」

母親が声を潜め、尋ねてきた。

「はい」

彩乃が頷いたとき、庭にいた妹が声を上げた。

「帰ってよ！　あんたたち弁護士がお姉ちゃん殺したんだからね！」

「瞳！」

　母親がたしなめたが、瞳は怒りに声を震わせながら続けた。

「本当のこと言いなよ？　お姉ちゃんは乱暴されて、その画像を撮られてたのよ！　あんたたちと同じ弁護士が来て、裁判になったらその画像提出しなきゃならない。いろんな人間にそれを見られることになるって。それが嫌なら示談しろって言ったのよ！」

「そんな……」

　彩乃は絶句した……。

「信用できるものなんて何もない。警察も弁護士もあてになんてならない。」

「ん？　警察も？」

　深山がその言葉に反応する。

「……お姉ちゃんは、犯人は二人いたって警察に言ったんです」

「犯人は二人いた？」

「でも信じてもらえなくて……」

　瞳は悔しそうに黙りこんだ。

「辛いことを思い出させてしまって本当に申し訳ありませんでした。ありがとうございました」

　彩乃が席を立とうとすると、

「最後に一ついいですか？」

　深山は一枚の写真を出した。「この男を知っていますか？」

「……山下くん」

　母親の言葉に、庭にいた瞳と、父親も反応する。

「お知り合いですか？」

「娘の婚約者でした……」

　その言葉に、彩乃は衝撃を受けた。深山はいつもと同じように、冷静にメモを取っていた。

＊

　静岡から刑事事件専門ルームに戻ってきたときは、もう終業時間はとっくに過ぎていた。

「あれ？」

　深山は携帯がない、と、探している。

「携帯がない？　かけてみればいいじゃない」

　彩乃は事務所の電話を指さした。

「自分の番号知らないし」

　深山の言葉を聞き、彩乃はこの日何度目かの大きなため息をつくと、自分の携帯で深山に電話をかけ、どうぞ、と渡した。すると、着信音が聞こえてきた。でもこの部屋からではない。

「ん？」

　深山と彩乃はあたりを見回した。

「お、出た。誰ですか？」

「俺だ。今すぐ戻れと言っただろう？　何やってたんだ？」

　佐田が深山の携帯で話しながら現れた。

「話聞いてただけですよ。ほら、依頼人の利益になるかならないか知りたくて」

「よけいな詮索はお願いだからしないでくれよ……って、電話はもういいだろ！」

　目の前で電話をかけあっていたふたりの話が途切れたところで、

「佐田先生、これはよけいなことではありませんでした」

　彩乃は割って入った。

「なんだよ？」

「木内さんが強姦した相手、山下さんの婚約者だったんです」

「これで山下さんが木内さんに対して怨恨があったことがわかりました。ということは、どんな状況であれ殺意があったと認定されるかもしれない」

深山が言うと、彩乃が続けた。

「彼が復讐のために、計画的犯行に及んだ……という可能性も出てきましたね」

「正当防衛だったのは嘘だってことか？」

佐田は二人に問いかけた。

「かもしれない」

深山はうなずいた。

「それと、その強姦事件の犯人は木内さん以外にもう一人いたみたいなんです」

彩乃は言った。

「本人がそう証言したのですが、警察が動かず、挙句、暴行時に撮られた写真で、弁護士に脅されたそうです。示談にするようにって」

深山が補足する。

「私、今から接見に行って、山下さんに確認してきます」

彩乃は鞄を手に、事務所を出て行こうとした。

「待て待て待て。確実な証拠もないのに憶測でことを進めるな」

「いやしかし……」

彩乃が佐田に反論しようとすると、深山が遮って口を開いた。

「自殺した女性が嘘をつくとは思えないんですよね。警察ってこういう事件はけっこう厳しく調べたりするはずなのに、なぜ木内さん一人の犯行だと断定したんですかね」

「いいからもう、追及するなよ」

佐田は刑事事件専門ルームを出て行こうとした。

「もしかしてとんでもない圧力がかかって、もみ消されちゃったとか」

深山は、佐田を追いかけていき、顔をのぞきこんだ。佐田は表情のない顔でゆっくりと深山の方を向いた。

「知ってます？　朝霧インターナショナルの会長さんの孫が木内さんなんですって」

深山はホワイトボードを見た。

「え、朝霧インターナショナルって、うちの顧問先の大口のクライアントじゃないですか？　え、たしか、佐田先生が請け負ってませんか？」

彩乃は驚いて佐田に尋ねた。

「点が線になっていってますねー」

深山は皮肉たっぷりの口調で言い、会議テーブルの椅子に腰を下ろした。

「……深山、手を引け」

佐田が向かい側に腰を下ろす。

「会話になってないですよ」

「いいから、いちいちな、その丁寧に確認して回るのをやめろと言ってるんだ」

「なぜですか？」

「この事実を明らかにしても、依頼人の利益にはならないからだよ」

「それには興味ないって言ってるじゃないですか」

「いいか？　弁護士っていうのはな。依頼者の代理人なんだ」

「僕には、僕のやり方しかできません」

深山は席を立った。

「とにかく今回は俺に任せろ。絶対に動くなよこれ以上、今回は俺に任せろよ！」

佐田は怒鳴ったが、深山はポン、とテーブルに飴を置いた。

「糖分摂った方がいいですよ」

佐田の前に『おめでとう　ブドウ糖』の飴を置き、リュックを背負って出ていった。

「ちょっと……」

彩乃は小声で深山に声をかけた。

「深山ー!」

佐田は深山を呼び戻そうとしたが、深山はおかまいなしに行ってしまった。

「すいません」

彩乃は佐田に頭を下げ、深山の後を追いかけた。「ちょっと、何が起こってるの?」

「今回の事件、思ってたより複雑で根が深いってことだね」

深山は振り返って言った。

*

翌朝、佐田は朝霧インターナショナルに呼び出された。

「すぐに調べるのをやめさせろ。いくら出来の悪い孫でも私の孫だ。その孫を殺されて、罪に問わなくていいという私の気持ちがわかるか?」

会長室で、朝霧は切々と訴えた。

「それは、善処します」

佐田はただそう言うしかなかった。

「そんな言葉を聞きたいんじゃない！」

朝霧は激昂して立ち上がった。

「とっととやめさせろと言ってるんだ！　この、小僧！」

そして怒りにまかせて目の前にあった湯呑みを佐田に投げつけた。佐田が湯呑みの当たった額を押さえて手を離すと、べっとりと血がついた。

「一刻も早く片をつけるんだ。できないなら、他にも圧力をかけて、おまえのところとの契約を切らせ、潰しにかかるぞ」

朝霧は財布から抜き出した一万円札を数十枚、佐田の前に叩きつけた。

「医者へ行ってこい」

佐田はギリギリと歯を食いしばり、屈辱に耐えた。


事務所に戻ってきた佐田は、すぐにマネージメントパートナー室に駆け込んだ。

「全部知ってて、引き受けたんですか？」

「さすが経済界のドン。警察にまで圧力がかけられるなんて、怖いね、世の中」

斑目は他人事のように言うと、佐田の額の傷を指さした。

「大丈夫？」

帰りに医者に寄った佐田の額には、深山と同じ位置にガーゼが貼られている。

「とにかく、深山を止めてください。よけいなことを知らなければ、正当防衛を主張できる。私は私なりに、落とし所を探ってるんです」

「事実がわかっても、正当防衛を主張する？」

斑目は立ち上がり、窓辺に飾ってあるラグビーボールを手にした。

「それが依頼人の利益だからです。いいですか、朝霧インターナショナルは、うちの収入の二割を占める大口顧客なんですよ？　契約を切られたら大損失になる。一体、どうなさるおつもりですか？」

「三年後はいよいよ日本でラグビーのワールドカップだ。全試合見たいね」

斑目はさっきからパスを出す素振りをしたり、ボールを手元で回したりしている。

「真剣に答えていただきたい！」

佐田は斑目の背後で声を上げた。

「そう熱くなるな。君の言う通り、朝霧に切られたら経営はたしかに落ち込むね。でもね」

斑目は振り返り、佐田にラグビーボールをパスした。「後ろにパスを出しても、ボールは誰かが前に進めていくんだ」

そう言いながら、斑目はまた自分にボールをパスしろ、と、手を出した。佐田はため息をつきながら、斑目にラグビーボールを手渡した。

＊

深山は殺害現場となった工事現場にやってきた。飴を舐めながらしばらくその場に立ち、川岸を見つめた。と、ブルーシートで囲った小さな小屋があり、そのそばに何人かのホームレスがいるのが目に入った。

「かんぱーい！」

その数分後、深山は差し入れた缶ビールでホームレスたちと乾杯していた。

「それで、人殺しの話だっけ？」

ホームレスの親分らしき人に聞かれ、深山はうなずいた。

「そりゃもう、うるさかったよな」

親分があとの二人に声をかけると、うんうん、とうなずいている。

「争ってる声を聞いたんですね」

深山は尋ねた。

「うん。でっけー声でな。『てめー、ぶっ殺してやる！』ってな」

「俺な、モノホンの弁護士に会ったの初めて」

「俺も」

「いい服着てんじゃねーかよ」

みんなは深山を物珍し気に眺め、話が逸れていく。深山は満面の笑みを浮かべ「それで？」と、続きを促した。

「それでな、しばらくしたら静かになったんでよ。酔っ払いの喧嘩だと思ったんだよ」

「現場は見ていませんか？」

「ああ、見てねえな。おめえは？」

「おめえっていうなよ……あ、一人だけ見たって奴がいた」

帽子をかぶった男が言った。ほかの二人も「ああ、あいつか」とうなずきあっている。

「誰ですか？」

「それが最近、姿消しちまってよ」

「いつ頃ですか？」

「どうだろう？　事件があった次の日だったと思うんだけど」

親分は首をかしげながら言った。

＊

数日後――。

「行方がわからないって、どういうことだよ？」

刑事事件専門ルームに入っていった佐田は、声を上げた。

「それがあの、静岡に行った日以来、三日間連絡が取れてないんです」

彩乃も、深山を探しているのだが見つからない。

「明石、メールは？」

佐田が尋ねた。

「あいつ、いつも既読スルーなんで」

明石は携帯で深山にかけてみたが、やはりつながらない。

「でるか？」

「直留守です」

そう言った明石に、藤野が近づいていった。カレイの形をした携帯ケースに興味を惹かれたようだ。

「何それ、携帯ケース？」

「これ、粘土で造ったのを、シリコンゴムで樹脂に置き換えて……」

「ごめん、そこまで興味ないんだ」

「ああ、そう」

明石は残念そうにしながら「あいつとはもう十年以上一緒に仕事してるけど、連絡が取れないなんてことは初めてなんすよねえ」と、つぶやいた。

「佐田先生、朝霧からの圧力というのは考えられませんか？」

奈津子が佐田の耳元でささやいた。

「戸川くん、自殺した娘さんを脅した弁護士の名前をすぐに調べてくれ。場合によっては静岡に行ってもいい」

「はい」

奈津子はすぐにパソコンに向かった。

「ほかのみんなは今すぐ深山を探し出すんだ！」

「はい！」

明石と藤野は返事をしたが、

「私もですか？」

彩乃は立ち上がった。

「私も、です！」

彩乃は仕方なくうなずいた。


それから彩乃たちは、現場周辺の商店街や民家の聞き込みを始めた。佐田は拘置所の山下にも会いに行った。

「ここにも来てないんですね？」

「はい、あの日以来来ていません」

と、山下は言う。

「あの、何かありましたか？」

「いえ、何もありません。では、失礼します」

佐田は笑ってごまかし、拘置所を後にすると、みんなと落ちあうために殺害現場にやってきた。

「おい、どうだった？」

佐田は橋の上から、現場に立っている彩乃と明石、藤野に尋ねた。

「この辺りで数日前にも聞き込みしてますね」

「家にも戻ってなかったです、どこ行っちゃったんですかねえ」

彩乃と明石が答えた。

「あの人たちに聞いてみますか？」

明石が対岸にいるホームレスたちを指さした。

「えー──」

彩乃はあまり気が進まなかったが……。

「あれ？」

突然明石が声を上げた。

「あれ？」

それに続き彩乃と藤野も同時に声を上げた。そこには、ホームレスに紛れて料理を作っている深山の姿があった。

「あれ？」

佐田は三人に問いかけた。

「あれ！」

三人は深山を指さした。

「あれって？　だからどれ？」

佐田が目を凝らすと、たしかに深山の姿があった。

「被害者と山下さんはともに静岡県出身。被害者は二年前に強姦事件を起こしている。強姦事件の被害者は山下さんの婚約者である……」

深山はぶつぶつぶつぶやきながら、コンロにかけていた鍋を開けた。キャベツの葉がぐつぐついっているのを見てホームレスたちは「おおっ！」と声を上げた。そこで深山はリュックから調味料ボックスを取り出した。

「なんだよ、まだなんかやるのかよ」

料理の完成を待っているホームレスが、深山に文句を言う。

「検視の結果、刺し傷は五回、でも山下さんの証言では二回……」

頭の中で山下の証言を反芻しながら、調味料を追加した。そして味見をし、完成だ。みんなの容器に盛りつけようとしたところに……。

「おい、深山！」

佐田が現れた。彩乃と明石、藤野も一緒だ。

「あれ、何やってんですか?」

「こっちのセリフだよ、それは」

佐田は顔をしかめすぎて、額や眉間にしわがくっきりと刻まれてしまっている。

「僕は、目撃者がいるって聞いたから待ってるだけですけど」

「ね、だから言ったでしょ」

明石は面白そうに笑っている。

「何言ってんだよ。おまえが心配させるようなこと言ったからこんな探し回ったんじゃないかよ」

「すみません、すみません……」

佐田が明石に文句を言っているところに、深山は立ち上がって近づいていった。

「なんだよ」

「同じところに傷が……」

佐田の額にも絆創膏が貼ってあることに気づいたのだ。

「うるさいな、もう」

佐田は額の絆創膏を隠した。

「壁に頭ぶつけたんですか?」

「そんなことするわけないだろ!」

佐田は苛々が止まらない。

「この兄ちゃん、面白いんだぜ。あのな、その男に会いたいからっつってよ、ここで丸二日泊まりこんでんだよ」

　ホームレスの一人が言い、ほかの二人も声を上げて笑った。

「それはもう執念じゃない。趣味だ」

「ホントそうだわ」

　藤野と彩乃が変人を見るように深山を見た。

「おっすー！」

　と、そこに、橋の上から一人の男が声をかけてきた。赤いジャンパーにニット帽。手にはスーパーの袋と『金のなる木』というプレートがついた鉢植えを抱えている。

「あ、あいつだよ！」

　ホームレスたちが深山に言った。

「あの人？　どうも！」

　深山が橋の上に向かって手を上げると、その男はハッと表情をこわばらせ、走り出した。

「あれ？」

　深山はぽかんとしていたが、

「あ、ちょっと！」

彩乃が声を上げ、走りだした。だが橋の上に上がるのに苦労している。「明石さん、いこう」というかけ声で明石も深山に鞄を預け、彩乃に続いた。明石は忍者のようにぴょんぴょん飛んで橋に上がり、彩乃よりも早く男を追いかけた。

「まてーい！」大荷物を持っている男にすぐに追いつきそうになったが、男は持っていたスーパーの袋を振り回し、暴れ出した。そして、明石に向かって鉢植えを振り上げた。

「うわあ！」

明石がひるんだ瞬間に、追いついてきた彩乃がすかさず男を地面に組み伏せ、腕をつかんだ。そして、かつて新日本プロレスに所属していた中邑真輔選手の腕ひしぎ十字固めを決めた。

「なんで逃げんのよ！」

彩乃は足で男の肩をホールドし、つかんだ手首を逆方向に曲げようと力を込める。

「痛たたたたた……俺、逮捕されちゃう？」

「私たちは弁護士よ！」

「ああ、そうなんだ……ギブギブギブ！」

男が悲鳴を上げたので、彩乃は手をほどき立ち上がった。

「イヤァオ！」

そしてつい中邑選手の決めセリフを口にしてしまう。

「滾ってんなー」

ただただ感心している明石の前で、彩乃は肩で息をしながらも会心の笑みを浮かべた。


「どうぞ」

深山は、彩乃と明石が連れてきた男性に、ロールキャベツが入った容器をさしだした。

「ど、どうも……キャベツうまっ！」

一口食べた男が感動の声を上げる。

「では、お名前を教えてください」

深山は男の横に腰を下ろした。

「……団平？　丹下団平」

明らかに偽名を使う男に佐田たちは渋い顔をしたが、深山はかまわずに話を進めた。

「丹下さん、あなたは、三月三十日の午後十時四十分頃、ここで喧嘩しているのを見たんですね？」

「怒鳴り声が聞こえて目が覚めたんだよ。見たら、ナイフ取り出して、襲いかかったんだよ」

「どっちが？」

「死んだ方。で、襲われてた方が揉み合ってるうちに逆にナイフで、ズブッ」

「何回刺したんですか？」

「一回刺して、刺された男に少し話しかけて……」

「何て？」

「たしか……謝れって。そしたら、刺された男は『残念だったな』って笑ったんだよ。なんの話だかわかんねーけどさ。そしたら、もう一回ズブっとさ」

「今話したその全部を、なんですぐ警察に電話しなかったの？」

佐田が尋ねた。

「おめえさん、馬鹿か？　電話がねえからだよ」

馬鹿？　佐田は不満げな表情を浮かべている。

「馬鹿……」

メモを取っていた藤野に「それ書く必要ないだろ？　消して」佐田は文句を言った。

「丹下さん、きれいな服着てますね？」深山はそう言い、丹下のジャンパーについていたサイズを示すシールを剝がした。「これ、新しいですね？」

「なんの話だよ？」

　丹下はすっとぼけた。

「殺された被害者が持っていたはずの現金の入った封筒が見つかってないんですよね〜」

「俺が盗んだっていうのかよ？」

「いえ。でも全部、新しいですよね、帽子も、手袋も」

　深山はたたみかけるように言った。

「なんだ？　弁護士が脅しに来たのか？」

「いえ。丹下さん、被害者は五回刺されていました。でも、逮捕された山下さんもあなたも刺したのは二回だと言う。これが本当だとしたら、山下さんが刺した後に、何者かが三回刺したことになります。この状況で一番怪しいのは丹下さん、あなたということになりますね」

　深山に迫られ、丹下は青くなって思いっきり首を振った。

「俺？　俺はやってないよ。刺された男が大丈夫かと思って、すぐに駆け寄ったんだよ。そしたら、あの男は生きてた。どうにかしねえと、と思ったら、もう一人男が来たんだよ。俺はこんなんだろ？　疑われたらたまんねえと思って隠れたんだよ。そしたら、刺さってたナイフでグサグサ、グサーッと……」

その凄惨な状況を想像したのか、佐田や、周りのホームレスたちは「うっ」と声を上げた。

「思わず、おい！　って声が出ちまって……。そしたら、この封筒渡されてよ」

丹下はポケットから血まみれの封筒を取り出した。「死にたくなければこれで黙ってろって」

「ハンカチ持ってます？」

彩乃が尋ねると、藤野が、汚いですけど、と言い、ぐしゃぐしゃのハンカチを出した。

彩乃はそのハンカチで封筒をつかんだ。

「なるほど、やっぱり……」

深山は耳を澄ますような仕草をしながら、遠くを見つめた。

「お金はおっかねー。なあ、おカネさん」

そして親父ギャグを言い、自分でおかしくて笑ってしまった。それを聞いた佐田もツボに入ったのか、噴き出している。

「十二点」「おカネさん、って誰？」「つまんねーな」

明石、藤野、さらにはホームレスたちまで呆れる中、うっかり笑っていた佐田は、慌てて顔を引きしめた。

「その男の顔は見てるんですよね？」

彩乃は封筒を手に、丹下に尋ねた。

「逆光ってやつで眩しくて、顔はよく見えなかったんだ」

丹下は先ほど彩乃に技を決められたことがよほど怖かったのか、怯えきった顔で答えた。

「おカネさん？」

深山はまた先ほどの意味不明なギャグを口にし、佐田だけがウケていた。

その後、五人は数十年前に流行った刑事ドラマの刑事たちのように、横に並んで商店街を歩いていた。

「どうして大事なときに、あんなつまらない親父ギャグ言うんですかー？」

彩乃は深山に尋ねた。

「思いついちゃったんだろうね、昔からそうなんだよ」

明石が言った。

「にしてもひどいですよ、お金はおっかねーって」

藤野が言うと、またしても佐田は笑ってしまっている。

「サイコー」

つぶやく佐田を、明石は「マジかよ?」と、見つめた。

「……ここからはおまえに任せる」

佐田は真顔になり、立ち止まって深山に言った。

「ほかにやることがあるんですよね。いろいろと気をつけてください」

「おまえに心配されるほど、ヤワじゃないんだよ、俺は」

「でしょうね」

深山とのやり取りを終え、佐田はひとり、去って行った。深山はふわあ、とあくびをしながら、切り出した。

「さて、それじゃ現場周辺のコンビニやガソリンスタンドの防犯カメラ見せてもらいましょうか」

その後、深山と彩乃は現場近くのガソリンスタンドで防犯カメラを見せてもらった。その映像にはガソリンスタンドが面している歩道を通る人物が映っているのだが、犯人らしき男は見つからない。彩乃はがっかりしていたが、深山は飴を舐めながらふむふむ、と、頷いていた。その後、商店街が交差している場所で明石と藤野と合流した。

「ガソリンスタンドには映ってませんでした」

「この先のコンビニのも映ってなかった」

彩乃と明石は報告しあった。

「でしょうね」

深山は知っていたかのように言った。

「え？」

藤野が首をかしげているが、

「どうしますか？」

彩乃は深山に尋ねた。

「やっぱここだなー」

深山は頭上の防犯カメラを見上げた。「明石さん、例のヤツいってみよう」

断られ続けている振興組合の事務所に行き、明石は組合長に土下座ならぬ土下寝をした。

「お願いします！」

「びっくりするなあ。ちょっと、おたくねえ、そんなことされてもねえ……ちょっと！」

組合長はどん引きしている。

「どうにかなりませんかね？」

深山はへらへらしながら言った。

「あんたもなんだしつこいね。何回目だよ」

「七回目です。明日も明後日も、明々後日（しあさって）も来ます」

深山は笑顔で言った。

「僕も何度でも来ます〜」

明石がうつ伏せたまま地を這うような声で言った。

そしてついに、折れた組合長が防犯カメラを見せてくれた。画面は四分割され、東西南北、それぞれの方向の映像が映し出される。

「このあたりで」

深山が言うと、組合長は映像を止めた。『3／30　22：33』と表示されている。

「あっ！」

彩乃は声を上げた。揉み合いながら居酒屋の方角から歩いてくる、山下と木内が映っていたのだ。

「大事なのはこの後だ」

深山の言葉に、みんなは目を見開き、モニターに注目した。

「あぁっ！」

彩乃はもう一度声を上げた。山下たちが曲がっていった後、数メートル後ろから、男が曲がっていった。黒づくめの服にジャンパーのフードをかぶっているところも、いかにも怪しい。

「この映像、コピーさせてください」

藤野は組合長に頼んだ。

「えぇー？」

組合長は渋っているが「お願いします」と明石もしつこく頼み込む。

「それじゃあ、証人尋問だ」

深山は〝してやったり〟という表情を浮かべた。

＊

「こんばんは」

深山たちは連れ立って居酒屋へ向かった。

「すいません、もう今日は閉店なんですけど……」

ちえという名札をつけた店員が言いかけたが、深山たちの顔を見て、顔をこわばらせた。

「店長」

深山はテーブルを拭いていた脇矢に呼びかけた。

「……なんですか？」

「遅くにすみません、もう一度聞きたいことがあって。事件の夜、出て行った二人を探しに行ったんですよね？」

「ええ、心配になって」

「どのあたりを探したんでしたっけ」

「ガソリンスタンドとか、コンビニのあたりです」

「ああそうだそうだ、そう言ってましたね。あれ、あれあれ、おかしいですね？」

深山はわざとらしい口調で言った。

「何がですか？」

店長は顔を上げ、深山を見た。

「藤尾さん、お願いします」

「藤野、ですけどね」

「藤野？」

「はい」

藤野は鞄からパソコンを出してテーブルに置き、動画を再生した。「こちら、ご覧ください」

「藤野さんです」

深山が笑いかけたが、脇矢は硬い表情を浮かべている。

「どうぞ。これはガソリンスタンドの防犯カメラの映像です」

深山は脇矢に映像を見せて言った。二十二時半過ぎからの映像を早送りしてみたが、脇矢の姿はない。

「おかしいなぁ。コンビニの方は？」

「はい。早送りします」

藤野はコンビニの外の歩道の映像を早送りした。

「うん、やっぱり映ってませんね」

深山は言った。

「ああ……そこじゃなかったかもしれません」

脇矢は証言を変えた。

「じゃあどこですか？　商店街とか？」

「……いや、商店街の方には行っていないと思います」

「そうなんですか？　あれあれ？　あれ？」

「一応、商店街の方も見てみましょうか」

藤野はパソコンを操作して商店街の防犯カメラの映像を見せた。

「ストップ」

深山は映像を停止させた。「見てください。山下さんと、木内さんです」

そこには、十字路のあたりで揉み合っている山下と木内の姿が映っている。

「これを送ると……ストップ」

キョロキョロとあたりを見回しながら、後を追って行く脇矢の姿が映し出された。店から飛び出したというわりには、フードのついたジャンパーを着て、顔が見えないようにしている。

「やっぱり映ってますよね？　記憶違いですかね？」

深山は尋ねた。

「ちょっとちえちゃん、お皿洗っといて」

脇矢はちえに奥に行ってもらってから、深山に向き直った。

「どこを通ったかなんて覚えていません！　うちのお客さんが殴られたらどうしようって、気が動転してましたから」

「そのせいで、記憶も曖昧に？」

「そうです」

「あなたの記憶が曖昧でも、映像にはちゃんと残ってます。ほら」

「……見つけたんですよ。二人を。で、後をついていったんです」

「なぜ声をかけなかったんですか？　止めたかったんですよね？」

彩乃が咎めるように言う。

「まあ、そこはいいです」

深山は一蹴した。

「シッ、喋ってっから」

邪魔するな、とばかりに注意してくる明石を、彩乃は思いきり蹴り上げた。

「それで？」

「二人が喧嘩になって、その山下って男が刺してしまって」

「目撃したんですね？」

「はい」

「何回刺してましたか?」

「……いや、はっきりとした回数はわからないけど、何度も刺してましたね」

「実際は五回です。ちなみに山下さんは二回しか刺してないと供述しています」

深山はリュックを下ろし、椅子に座った。そして「どうぞ」と、脇矢に隣の椅子を勧める。

「質問を変えましょう。木内さんとは知り合いだったんですか?」

「いいえ、たまに来る店のお客さんです」

「なるほど。ちなみにあなたは、静岡県の出身ですよね?」

「そんなことまで調べんのか?」

「いえ、調べたんじゃなく気づいたんですよ。この店に初めて来たとき、あなたは『だもんで』という言葉を使いました。聞きなれない言葉が頭に残ったんですよ。あれは静岡県の方言なんですね」

木内の高校の担任、霜田も、強姦された多佳子の母親も「だもんで」と口にしていた。

「あなたの出身地でもある静岡県の富士市に、亡くなった木内さんが通っていた高校があったんですよ」

深山は立ち上がり、続けた。

「木内さんのことが気になって調べていたら、過去の非行歴が出てきました。そこにあなたの名前もあった。あなたと木内さんは昔から知り合いでした」

ね？と、深山はスマホの画面を脇矢に見せた。

「覚えてますか？」

表示されているのは多佳子の写真だ。

「……知らねえよ」

脇矢も立ち上がり、ふてくされたように言った。

「この方はあなたが住んでいた街で起こった強姦事件の被害者です。木内さんが起こした事件です」

「俺になんの関係があるんだよ」

「犯人は二人いた……と被害者の女性が証言しています。そのもう一人の犯人は……あなたですよね？」

深山に問われ、脇矢は青ざめた。視線は定まらず、体も小刻みに震えている。

「木内さんの祖父、朝霧インターナショナルの会長が雇った弁護士の悪知恵でしょう。共犯者がいたことがわかれば、集団強姦罪となり、罪は格段に悪質になる。つまり、一人の犯行にしといた方が都合がよかったんですね。事件を起こした木内さんは朝霧会長に泣きついて警察に圧力をかけてもらった。違いますか」

すっかり言葉を失っている脇矢に、彩乃はヒールの音を響かせ近づいていった。

「ここまで来てシラを切るつもり？　ふざけんじゃないわよ！　あんたのせいでその女性は死んだのよ！」

彩乃は脇矢の肩を掴み、揺さぶった。

「今回の事件は山下さんが殺したんじゃない。山下さんが刺した時点では、木内さんはまだ生きていました。都合よく起こった今回の事件に便乗して、あなたが木内さんを殺したんです」

「……証拠でもあるのか？」

脇矢は声を震わせながらも、めいっぱい声を上げた。

「ありますよ、もちろん。もう言い逃れはできないですよ」

深山が言ったところに、彩乃がビニール袋に入れられた封筒を出した。

「あなたが丹下団平さんを口封じするために使った封筒です。これを警察に提出します」

「……あーあ」

脇矢はため息まじりに声を上げた。「あいつ、事件をかぶったことをダシにして、俺を脅して、一生言いなりにするつもりだったんだよ！　あいつが悪いんだよ！」

ははは……。脇矢はやけになったように笑いはじめた。

「あなたは二つの罪を犯し、二人に罪をなすりつけ、自分は普通の人生を生きようとした。自分勝手に二つも命を奪った人間にそんなこと許されないから」

彩乃が言ったとき、パトカーのサイレンの音が近づいてくるのが聞こえてきた。

「言うね～」

脇矢が連行されて行くのを店の外で見ながら、深山は彩乃に言った。

「あなたが何も言わないからでしょ！」

彩乃はプリプリ怒って帰っていった。

「お疲れさまでした」

藤野が声をかけた。

「なるほど」

深山は大あくびをしながら、家路についた。

「じゃあ一杯行きますか？」

明石は藤野に声をかけた。

「帰ります」

明石をそこに置いて藤野も歩きだした。

＊

翌日、深山と彩乃は接見室で山下に事情を説明していた。そして、木内に対して殺意があったのではないか、と尋ねた。

「おっしゃる通りです。たしかに僕は、あのときあいつを殺してやろうと思いました」

工事現場で、山下は木内に向かって「謝れ」と言った。でも木内は山下を馬鹿にするように笑った。それで山下は、木内を殺すつもりで刺した。

「あなたは殺人未遂に切り替えて、審理されます」

彩乃が言うと、山下は「はい」と、静かに頷いた。

「ひとつだけ聞かせてください」

深山は切り出した。「被害者をどうやって連れ出したんですか？　状況を考えても、まあよっぽどのことがないかぎり、注意したくらいなら、店の前で争うのが妥当でしょう。わざわざ人目につかない工事現場まで、被害者が山下さんを連れていったのは不自然だ。その後の行動から、被害者は山下さんに殺意を抱いていたと推測される。そう仕向けたのはあなたじゃないですか？」

「……そうです。やめろと言っただけじゃない。僕が顔を近づけて、『おまえの過去は消せねえぞ』……」

店内で騒いでいる木内の耳元で、山下はそう言った。その言葉を聞き、木内は山下が多佳子の件を言っていることに気づいて「表へ出ろ」と胸ぐらをつかんだのだ。

深山はじっと聞いている。

「警察に捕まったとき、どうしても……」

山下は声を詰まらせた。「多佳子のことだけはどうしても言いたくなくて、ずっと黙ってたんです。しっかり償ってきます……本当にありがとうございました。あなたたちのおかげで、彼女を死に追い込んだ憎むべきもう一人の犯人を捕まえることもできましたし……」

山下は声を震わせた。そして深山はいつものようにリュックを背負い、立ち上がった。

「深山さん」

山下は深山を呼び止めた。

「ありがとうございました」

そして深々と頭を下げた。深山はその言葉を背中で聞き、接見室を後にした。彩乃は目の前で頭を下げ続ける山下を見ていた。

＊

佐田は斑目と共に、朝霧インターナショナルの会長室を訪れていた。

「ということで、気を静めていただきたいと」

斑目が朝霧に、今回の顚末を説明した。

「馬鹿なことを言うな！」

朝霧は鬼のような表情を浮かべ、立ち上がった。「あれほど言っただろう！　孫の過去を洗いざらしにしやがって！」

「過去は消せませんから」

佐田も斑目と同様に淡々とした口調で言った。

「佐田っ！」

朝霧がつかみかかろうとしたのを、

「まあ、落ち着いてください」

斑目が制した。

「よし。顧問契約は解消だ。ほかの企業にも手を打つ。おまえたちの経営が成り立たなくしてやるからな」

朝霧は自席に戻り、携帯電話を手にした。

「佐田くん」

斑目は隣に座っている佐田に声をかけた。

「よろしいんですか？」

「うん」

斑目が頷くと、佐田はファイルを手に立ち上がった。

「お孫さんの事件の示談のときに、被害者を写真で脅しましたね？　当時の弁護士に事情を聞いて提出を受けました」

そしてそのファイルを、電話をかけている朝霧の前に置いた。

「私の知り合いの後輩でしてね。事実を公表すれば、資格を失いますから」

斑目が言う。

「あなたの指示のもと行われた、と署名も書かせてます。それと私の携帯に先日の……」

佐田が携帯を操作すると『……いいか。正当防衛でかまわん。一刻も早く片をつけるんだ。できないなら、他にも圧力をかけて、おまえのところとの契約を切らせ、潰しにかかるぞ』と、朝霧が佐田を脅している声が再生された。

「私への脅迫罪です」

「佐田、そんな脅しが通用すると思ってるのか？　そんなもの発表してみろ。おまえのところも潰れるぞ」

朝霧がわめいているところに、斑目がゆっくりと立ち上がった。

「御社とのクライアント契約は打ち切ってもらってかまいません。これを公表も致しません。ただし、別のクライアントに圧力をかけたなら、話は別だ。弁護士を脅すなんてもってのほかだ。倒れるときは、一緒に倒れるぞ。クライアントと弁護士の関係は諸刃の剣ですな」

斑目は「行きましょう、佐田先生」と声をかけ、会長室を後にした。

エレベーターに乗り込むと、斑目は切り出した。

「いいね。久しぶりに熱くなったよ」

「ご迷惑おかけしてすみませんでした。それより、よかったんですか？　朝霧を切って」

「いいのいいの。実はちょうどね、朝霧のライバル企業から顧問の依頼を受けてたんだ。金額はほぼ一緒だ。いや、ちょっと上かな」

「まさか、そっちに乗り換えるために私たちを使って……」

「裏があることまでは把握してなかったが、朝霧の孫ということでキナ臭いなと思ってたんだ。真相までたどり着いたらこういう形になるかなと」

「たどり着けてなかったら？」

「どうなってたんだろうね。まあそろそろ切り時だと思ってたから、君たちには感謝だな。ね、後ろに投げても前に進んだでしょ？　豪華に食事でもしよう」

歩いていく斑目の背中を見ながら、佐田は呆れたように笑みを浮かべ、つぶやいた。

「この狸オヤジめ……」

言い終える頃には、佐田の顔は真顔に戻っていた。

＊

深山は『いとこんち』のカウンターでローストビーフをスライスしていた。もちろん、ローストビーフはお手製だ。真正面のカウンター席では、ベレー帽をかぶった女の子が、うっとりと深山を見つめている。

「ちょっと紹介してよ」

アフロヘアの常連客が、坂東に言った。

「あのね、この子、曲作って歌ってる片加奈子（かたかなこ）ちゃん」

坂東が加奈子を紹介した。自作のCDを販売しているミュージシャンだという。

「初めまして。景山一郎です！」

常連客が挨拶をしても加奈子は一瞥もせず、深山を見つめていた。

「CD買ってあげてよ、これ」

坂東は『ティファニーで超ショック！』という〝かたかなこ〟名義のCDを影山に見せた。

「ああ！　やっぱり好きー。結婚して」

我慢できないように加奈子は深山に声をかけた。

「そういうの専門外なんで」

深山は即答した。

「じゃ、何専門なの？」

「刑事事件専門。それと料理以外、興味ないから」

坂東が深山の代わりに答えた。

「じゃあ加奈子も犯……罪犯したら、ヒロくん構ってくれる？」

加奈子は「犯」と「罪」の間で一度横を向いてから、また深山に視線を戻した。

「弁護依頼してくれれば」

深山は淡々と答えた。

「えー。じゃ犯……罪犯しちゃおうかな～」

「こらこら、犯しちゃおうかな、じゃないよ」

坂東が加奈子に注意したところに、料理が完成した。深山は盛り付けした『深山の特製ローストビーフ～わさび＆アイオリソース添え』をカウンターに置いた。

「いただっきま～す！　ええ、おいし～～い！」

「うますぎるぜ～！」

加奈子と影山はあまりの味のよさに盛り上がっている。

「やっぱり丁寧にやることは大事だな」

深山はローストビーフを一切れ口にし、牛に感謝しながら噛みしめた。

第3話 消えた一〇〇〇万!! 空白の十五年……母と娘の絆

殺風景な取調室に座っていると、廊下を歩いてくる靴音が聞こえてきた。ガチャリと扉が開き、現れたのは高圧的で横柄な態度の刑事だ。バン、と机に書類を投げつけ、椅子にふんぞり返る。

「おまえが盗んだことは明白なんだよ」

こちらを脅すためだけに発されたような大声にビクリとしながら、吉田果歩（よしだかほ）は小さく首を振った。

「盗んでいません」

「じゃあ、なんで押入れに一五〇〇万も現金があったんだ?」

それは……。

果歩は言葉に詰まった。頭の中に、めまぐるしく、ある情景が繰り返される。

青い空の下、小学校一年生だった果歩は、買い物帰りに母、冴子と手をつないで住宅街を歩いていた。ある角を曲がってしばらく歩いていくと、ピンク色の外壁に、三角屋根。その屋根には煙突がある、まるで絵本に出てくるような一軒家が建っている。

冴子と果歩はその家の前で立ち止まった。

果歩が顔を上げると、冴子が優しく微笑んだ。果歩は冴子の手をぎゅっと握った。

でも次に再生される記憶は……。養護施設『たいよう育成園』の部屋の隅で、画用紙に向かって絵を描いている自分の姿だ。縄跳びやボール遊びをする子たちの輪には入らず、果歩はいつも絵を描いていた。でも寂しくない。果歩は絵を描きながらいつも微笑んでいた。

「あの金は盗んだ金だろう！」

刑事の声で、果歩は現実に戻った。

「……違います。し、信じてください」

必死で訴えたが、刑事は最初から果歩が盗んだと決めつけていた。

＊

深山は机に置いた弁当箱を前に目を閉じて深く息を吸い、両手を合わせた。

「いただきマングローブ」

「五点」

明石の辛い採点など気にせずに、深山は弁当をひとくち食べた。そして箸を置き、はあ、と大きなため息を吐くと、調味料ボックスからマイ調味料を取り出した。

「すいません、僕の愛妻弁当に何を……」

目の前に立っていた藤野が遠慮がちに尋ねた。

「足りない味を補うんです」

深山は不安そうにしている藤野に言った。

「ちなみに奥さんの出身地は京都ですね」

「わかるんですか……？」

「こいつ、絶対味覚の持ち主ですから」

明石が説明した。

「味、薄いの？」

奈津子が言う。

「いや、京都は味が薄いんじゃなくて、素材を活かすための味付けをするんです」

「うちの奥さんもよくそう言います」

「でも、この弁当はそれがまったくできてません」

「そうなんです」

藤野は悲しげにうなずいた。

「ちょっとごめんね」

奈津子が弁当に手を伸ばして煮物を口に放り込んだ。続いて明石も手を伸ばす。

「たしかに、ビミョ――――に……」

「まずい」

明石と奈津子が続けて言った。

「まずいって……うちの奥さんディスらないで」

藤野が訴えている目の前で、深山は味噌ダレを焼き鮭にかけ、土佐醬油を卵焼きにかけ、煎り酒を野菜の煮物にかけ、アリッサをレンコンのきんぴらにかけた。

「では、食べてみてください」

深山が言うと、奈津子と明石が手を伸ばした、

「ちょっと、僕のです」

　藤野が弁当箱を引き寄せ、卵焼きを口に放り込んだ。

「すごーい、お店みたい」

　目を見開く藤野を見て、深山はどや顔をした。

「ホントだ！」

「味付けでこんなに変わるんですね」

　もはや明石と奈津子も勝手に食べている。

「素材がいいからですよ」

　深山が満足げに言ったとき、

「次の案件だ」

　佐田の声がした。

「いつの間に？」

　明石は背後を振り返り、驚きの声を上げた。

「戸川くん。これを二部コピーして」

「はい」

　奈津子は佐田に渡された資料を持ってコピー機に向かった。

「吉田果歩二十五歳。会社の金庫から現金一〇〇〇万を盗み、窃盗の容疑で逮捕、起訴された。本人は無罪を主張している。十五分後に依頼人がくる。以上」

佐田が去って行こうとすると、

「私に担当させてもらえませんか?」

それまで黙って自席で『実証！　刑事証人尋問技術』というタイトルの本を読んでいた彩乃が立ち上がった。「いつまでも彼のサポートばかりは嫌です」

彩乃がきっぱりと言うのを聞き、深山はとぼけた表情を浮かべてそっぽを向いた。

「被告人は女性のようですし、プライベートなことも聞くなら、同じ女性の方がいいんじゃないでしょうか?」

彩乃の強い主張に、佐田は深山と彩乃の顔を見比べた。

「わかった。今回の件は立花、おまえが主任をやれ」

「ありがとうございます」

彩乃は頭を下げ、さっそく奈津子からコピーした資料を受け取って部屋を出て行った。

「え?」

ポカンとしている深山に、佐田が近づいてきた。

「深山、あれ、うまく味付けしてやれよ。あいつはまだまだ素材そのまんまだからな」

佐田はニヤリと笑いながら、深山の肩を叩いた。

「いくら調味料がよくても、素材がよくなかったらおいしくなりませんよ」

深山はふてくされたように言った。

*

依頼人は宮崎冴子（みやざきさえこ）という女性だった。彩乃は一人の方がよかったのだが、なぜか横に深山も同席している。

「ここの先生は優秀だとお聞きして……。どうか娘を助けてやってください」

冴子は消え入るような声で言い、頭を下げた。五十代という冴子は、もともと華奢なのだろうが、かなりやつれている印象だ。

「私選弁護は国選と違い、それなりに費用がかかります。それでよろしければ……」

失礼とは思いつつ、彩乃は言った。冴子は実に質素な服装だったからだ。

「大丈夫です。払います」

冴子は鞄から預金通帳を出して、開いて見せた。そこには一五〇〇万円を超える額が記帳されていた。「老後のために貯めていた私の全財産です。全部使ってください」

「全部って、あの……」

「私、末期の膵臓ガンなんです。残された時間は一ヶ月なんです。ですので、全部使っていただいてかまいません」

冴子の言葉に、彩乃は一瞬言葉が出てこなかった。「娘には言ってないので、秘密にしておいてください。どうか娘を助けてやってください。よろしくお願いします。お願いします」

冴子は立ち上がり、震える声でなんども頭を下げた。

翌朝、開示された資料をもとに、彩乃がホワイトボードに事件の概要を書き出した。

そして、刑事事件専門ルームのメンバーたちを前に説明を始めた。佐田は着席し、深山は近くのテーブルに腰を下ろして聞いていた。

「川口（かわぐち）建設で起きた窃盗事件です。金庫にあった会社の非常用資金、一〇〇〇万がなくなり、経理を担当していた吉田果歩さんが逮捕、起訴されました」

彩乃は貼り出された果歩の写真を指した。

「果歩ちゃんかぁ……フルーツウォーキング……」

明石がぶつぶつ言っているが、もちろんみんなスルーだ。

「金庫の暗証番号を知っているのは社長と専務と吉田さんの三人だけです。しかし事件当日、二人は出張に出かけていたので、吉田さんのみが金庫を開けられる状況にあった」

彩乃は川口社長と剛田(ごうだ)専務の写真を指した。

「ん？　それだけで起訴ですか？」

藤野が尋ねた。

「家宅捜索で彼女の鞄から、金庫にあった現金の入った封筒が見つかった。また自宅の押入れから現金一五〇〇万円が見つかった」

「一五〇〇万かぁ……欲しいなあ」

またしても明石がつぶやき、今度は佐田ににらまれた。

「果歩さんの給料は手取りで十八万です。節約して七万貯金したとします。就職してから六年間ずっと貯金をしていたとしても約五〇〇万です。一〇〇〇万合いません。しかし本人は、すべて自分で貯めたと言い張っていて、詳細は話していません」

「これは限りなくクロですね」

藤野は言う。

「でも、彼女は無罪を主張しています。とりあえず接見に行ってきます」

彩乃が自席に戻って鞄を手に取ったので、後を追うように深山も自分の席に行きリュックを背負った。

「おい、深山」

佐田に声をかけられたが、深山は行く気満々だ。けれど……。

「接見は私一人で行くんで、ついて来ないでもらえます？」

彩乃はきっぱりと深山を拒絶し、早足で部屋を出ていった。取り残された深山に、とりあえず座れ、と、佐田が椅子を指さして伝えてくるが……。

「調味料いります？」

深山はひとこと言い、彩乃を追いかけた。

＊

結局、二人で東京拘置所に来て、果歩と向かい合った。

「はじめまして。今回、弁護を担当することになった立花です」

彩乃は名刺を見せて仕切り板の前に置き、不本意ながら「こちらは深山です。よろしくお願いします」と、紹介した。

「では、どこのご出身ですか？」

深山は耳に手を当てて果歩の方に身を乗り出し、さっそく質問を始めようとした。

「ちょっと、黙ってて！」

彩乃は小声で制した。その様子を見て、果歩が大きな目をきょろきょろさせて二人を交互に見ている。彩乃は冷静さを取り戻し、果歩に笑いかけた。

「夕べは眠れましたか？」

「……はい」

「食事とか、大丈夫ですか？」

「あの……前の弁護士さんは？」

果歩が遠慮がちに尋ねてきた。

「私たちはお母さまから依頼を受けて、その方に代わって弁護を担当することになりました」

彩乃は冴子にサインをもらった『弁護人選任届け』をガラス越しに見せた。だがその途端に、果歩の表情が硬直した。

「……お断りします」

「え？」

「私には、母はいません」

それだけ言うと、果歩は席を立った。

「ちょっと待ってください！」

彩乃は慌てて声をかけた。

「あんな女に助けてもらいたくない」

果歩は背中を向けたまま言うと、接見室のドアを叩き「終わりました」と、戻っていってしまった。

「あーあ」

深山は責めるような顔で、彩乃を見た。


その足で、彩乃と深山は冴子が入院している病院へと向かった。

「実は……もう十五年以上会ってないんです。あの子が母はいないというのは当然ですよね。私はあの子を捨てて逃げたんですから」

病室のベッドで点滴を受けている冴子は、話すのも辛そうだ。

「どういうことでしょうか？」

彩乃は尋ねた。

「果歩の父親は仕事をしない人間で……。そのうえ多額の借金を抱えていました。必死にパートをして家計を支えていたんですが、私への暴力がひどくなって……私がいることで、あの子の父親がますますダメになるんじゃないかと思って離婚して……あの子を置いて家を出たんです」

冴子が暴力をふるわれている間、果歩は部屋の隅で耳をふさいでいたという。

「なぜ連れて行かなかったん……」

彩乃が言いかけると、冴子は遮って話しだした。

「連れて行こうとしたんです。でも、父親が果歩を手放さなくって……。家を出て三年ぐらい経ったときに、父親が亡くなり、果歩が養護施設に入れられたっていう話を聞きました」

「そのとき、なぜ果歩さんを引き取らなかったんですか？」

深山が尋ねた。

「新しい家族ができていたんです。果歩を引き取るとそれが壊れてしまうんじゃないかって。生活もギリギリでしたし。親として最低ですよね」

冴子は自虐的な笑みを浮かべながら続けた。「なのに、自分が病気で死ぬってわかった途端、最後にあの子に会いたい……会って謝りたいという気持ちが抑えられなくなって……それで養護施設に問い合わせたんです。そしたら、こんな事件を起こしたって聞いて……。果歩を助けてあげたいんです。せめて最後くらいは親らしいことをしてあげたいんです」

途切れ途切れに話す冴子の言葉に、彩乃は何も言えずにいた。すると、耳を触りながら聞いていた深山が口を開いた。

「ということは、果歩さんのことはほとんど知らないってことですよね？」

無遠慮な言い方をする深山を、彩乃は無言で睨みつけた。

「……はい」

「うん、わかりました」

深山はお大事にという言葉もなく、ノートとペンをしまうとさっさと病室を出て行った。

「ちょっと！」

彩乃が慌てて声をかけたが、深山は振り返らずに行ってしまった。

とりあえず冴子に挨拶をし、彩乃は深山を追いかけた。そして病院の外で、ようやく追いついた。

「ちょっと！　あんな言い方ないでしょ。身勝手な親だけど、今は助けてあげたいって思っているわけだし」

病院の外でようやく深山を捕まえて言った。

「今、一番調べたいことは何？」

深山は立ち止まらずに歩きながら彩乃を見た。「いろいろ調べるべきことはあるけど、まずは金の出所だと思うよ」

そう言うと、深山は急に立ち止まった。数歩先に行ってしまった彩乃は慌てて振り返った。

「検察は説明がつかない一〇〇〇万は盗んだ金だと決めつけてる。なんでそう言い切れるんだろうね？」

深山に尋ねられ、彩乃は答えられずに立ち尽くしていた。すると、深山が近づいてきた。

「主任はどうします？」

力試しをするかのように問いかけられ、彩乃は無意識に深山から目を逸らした。

「今日は帰ります。必要なときは呼んでください」

遠ざかる深山の背中を見ながら、彩乃はチッと舌打ちをした。

深山はその足で川口建設に向かった。建物は古く、社員は十人もいない。どこの街にもある小さな建設会社といった風情だ。入っていき、川口と剛田に話を聞いた。果歩の机は片づけてあり『吉田私物』とマジックで書かれた段ボールが載せてある。深山は金庫を見せてもらった。テンキータイプの、暗証番号を押して開ける金庫だ。

「うーん、なるほど」

しばらく屈んで金庫を見ていた深山は、川口と剛田の方に振り返った。

「この金庫を開けられたのは、社長の川口さん、専務の剛田さん、それと経理を担当していた吉田さんの三人だけ……ということですか？」

「はい」

頷いたのは社長の川口だ。白髪まじりの川口は五十歳を少し過ぎたところ。専務の剛田は川口よりも年上に見える。小太りで人の好さそうな印象だ。

「現金がなくなったのは、いつ気付いたんですか？」

「出張の日の翌朝です」

四月二日に出張し、三日の朝、出勤してきた川口が社判を取るために金庫を開けた。するとそのとき、後ろにいた専務の剛田が「社長！　お金……お金がなくなってますよ」と叫び、社内が大騒ぎになったという。「おい、警察だ、警察呼べ！」と剛田が指示をし、社員の一人が一一〇番した。そのときは果歩もその場にいて、驚いた様子だったという。

「出張の日、会社を出る前に金庫を開けたときはたしかにあったんです」

「それは私も確認しました」

川口と剛田が言った。

「ちなみにお二人は一緒に出張に行かれたんですか？」

「いえ、社長は大阪で私は栃木です」

剛田が答えた。

「金庫って毎日開けるものですか？」

「ええ。社判が入ってるんで、必要書類に押すときは毎回取り出していましたから」

川口が答えた。

「剛田さんと吉田さんは？」

「一週間に一回くらいは」

「これって、今開けてもらうことはできますかね？」

「いいですよ」

剛田が金庫を開けようとして暗証番号を押すと、ブザーが鳴り『ＥＲＲＯＲ』の表示が出た。もう一度やってみたが、やはりブザーが鳴ってしまう。

「あれ、おかしいな？」

剛田は首をかしげた。

「何やってるんですか、先月のこともう忘れちゃったんですか」

と、川口が交代した。そして『６８５９』と暗証番号を押して、金庫を開けた。

「ありがとうございます。現金はどこに置いてあったんですか？」

そう言いながら深山は中を覗き込んだ。

「ここです」

ファイルが置いてある左側を川口が指した。今は何も置いていない。

「封筒に入れてね」

剛田が付け加えた。

「この暗証番号を決めているのは？」

「私です」

川口が答えた。

「ずっと同じ番号ですか？」

「いえ、防犯のためにひと月ごとに変えてました」

「前に変えたのはいつですか？」

「事件が起きた前日です」

四月二日の前日、つまり四月一日だ。

「その後、暗証番号は変えました?」

「いえ。そのままです」

「確認ですけど、川口社長が毎月暗証番号を変えて、それを二人に伝えていた?」

「いえ……伝えはしません」

「ん? どういうことですか?」

「ほかに漏れるのを防ぐために、私がランダムに四桁の数字を紙に二つ書いて、その二つを足した数を暗証番号にしていました」

そう言って、川口は財布から二つに折りたたんだメモを取り出した。『5612 1247』と、二つの数字が書かれている。

「専務と吉田にはこの紙だけを見せます。そこで足し算をして暗証番号は書かずに、覚えてもらいます」

「なるほど……これってまだ必要ですか?」

深山はメモを指した。

「いえいえ、もういらないんでどうぞ」

「ありがとうございます」

深山はメモをもらって、ポケットにしまった。

＊

すっかり暗くなってから、深山は刑事事件専門ルームに戻った。

抱えてきたダンボールを、深山はよいしょ、と、机の上に置いた。

「戻りましたー」

「何それ？」

彩乃は尋ねた。

「吉田さんの私物。持って帰ってくれって」

果歩の机の上に置いてあった『吉田私物』とマジックで書いてあるダンボールだ。

「はああ？　抜け駆けしないでよ！　帰るって言ったじゃない！」

彩乃は立ち上がり、深山に抗議した。たしかあのまま帰宅すると言っていたはずだ。

「どうしたいか聞いたじゃない、主任」

またしても深山は皮肉たっぷりだ。

「ちょっとぉ！」

彩乃は怒っているが、深山はかまわずに書類を読み始めた。

「……しまった。深山先生が戻る前に帰ればよかった」

藤野がひとりごとのように、でも部屋中に聞こえる声で言った。

「今日は帰っていただいてかまいません」

彩乃は両手を腰に当て、仁王立ちで宣言した。

「帰っていいんですか? 今日僕、双子の娘の大好きな回転寿司を食べに行く約束してたんです。帰れなかったら僕、奥さんに大回転逆さ落としされるところでした」

「残念だなあ、ここで夜を明かしても大丈夫なように用意してきたんですけどね」

奈津子はカゴバッグの中のお泊まりグッズを彩乃に見せた。そこには買ったばかりのニット帽も入っていた。

「では、お疲れさまです～」

藤野と奈津子は喜び勇んで帰っていった。

「俺もワイフとビーフストロガノフを……」

どさくさにまぎれて明石も帰ろうとしたが、

「いませんよね?」

彩乃は即座に否定した。

「彩乃さん……。もうすぐなんだ、司法試験。勉強させてくれ!」

訴える明石に、

「誰も止めてないよ」

深山が言った。

「くそ！　受かって、肩並べてこき使ってやる！」

明石は捨て台詞を残し、部屋を走り出て行った。

「無理でしょ」

深山がひとりごとを言いながら、資料を読んでいた。彩乃は仁王立ちのまま深山を睨み付け、左手の親指と人差し指で片目を大きく開けた。

「カブローン！」

新日本プロレスの内藤哲也（ないとうてつや）選手のポーズと決めゼリフだ。

「仕事したら？」

深山は彩乃をチラリと見て、またすぐに資料に目を落とした。


時計は夜、一時を回った。結局この日も終電が終わってしまったが、深山と彩乃は残って証拠を検証していた。と、刑事事件専門ルームの前に落合がやってきた。何度か部屋の前を行ったり来たりしている。そして何度目かで足を止め、パソコン画面を見ていた彩乃を見つめた。

「ん？」

彩乃がパソコンから顔を上げると、落合は入ってきて、彩乃の机の前に立った。

「二人で何やってるの？」

「え……見りゃわかるでしょ」

「今、手があいてるからなんでもしてあげるよ」

落合は彩乃に微笑みかけた。

「じゃあ、お願いします」

彩乃は可愛く笑顔を作った。

「何？」

落合がうきうきした表情を浮かべる。

「一刻も早く、この場から出て行ってください」

彩乃に言われ、ショックを受けた落合はなぜか深山の方を見た。視線が合った深山は、ゆっくりと視線を逸らした。落合は肩を落として出て行った。

「吉田さんの私物ですか？」

彩乃は、ダンボールの中身を確認している深山に声をかけた。

「うん」

深山はダンボールから取り出した住宅情報誌を見ていた。そのほかにも深山の机の上には、住宅情報誌が数冊、置いてあった。どの雑誌も付箋のついたページで広げられている。

「大きい三角屋根の家ばっかり……好きなんですかね？」

「さあね」

深山は首をかしげた。

＊

翌日、彩乃は深山と共に果歩の住んでいたアパートを訪ねた。川と幹線道路が交差したところにある、築年数の古い小さなアパートだ。

「事件のあった四月二日の夜、吉田さんとは会いましたか」

深山は大家の老人に尋ねてみた。

「ひと月前のことは記憶にございません」

「その日に限らず、何か気になることってありませんでしたか？」

「うーん。気になるといえば、彼女、夜はほとんど家にいなかったな」

「それはどうしてですか?」

彩乃が尋ねた。

「俺は朝が早いからさ。朝の三時頃、彼女が帰ってくるのをよく見かけたよ」

「なるほど」

深山がメモを取りながら頷く。

「あ! そうだ、そこの大通りで女の子と一緒にワンボックスカーから降りてくるのを見たことあるよ」

大家は橋を渡ったところから、大通りを指した。

「そこですか?」

深山は確認した。そこは車通りの激しい交差点だった。

その日の夜中、深山はベンチコートを着込み、幹線道路が見渡せる川べりに座っていた。懐中電灯でノートを照らして読んでいる。腕時計を照らしてみると、三時だ。深夜だからか、車はほとんど通っていない。

「お疲れさまです」

彩乃が大通りからこちらへ歩いてきた。

「ああ」

「ずいぶん準備がいいですね」

薄手のコート姿の彩乃は寒そうにしている。

「うん……あ、寒い？」

深山は立ち上がった。「寒かったら、このベンチコート貸してあげてもいいんだけど、僕、寒がりだから無理です」

「無理なら思わせぶりなこと言わないでください！」

「うわあああ、落ちた！」

と、そこに突然明石の声が響き、きゃあ、と、彩乃が声を上げた。深山は声がした方を照らした。マイ寝袋で寝ている明石がうなされている。

「びっくりした――――！　明石さん、何やってるんですか？」

「勉強に飽きたんだってさ。落ちる理由がよくわかるよ」

深山は呆れたように言った。明石は試験に落ちた夢を見ているのか、まだうなされている。

「よく寝れますね、すごいなあ」

彩乃が感心したところに、深山はハッとして立ち上がった。一台のワンボックスカーが停まり、若い女性が降りてきたのだ。

「あのー、すみません」

深山と彩乃はその女性の方に駆け寄っていった。

＊

女性に事情を話し、三人は近くのファミリーレストランに入った。

「吉田果歩さんってご存知ですか？」

深山は向かい側の席の女性に尋ねた。

「吉田果歩？　知りません」

首を横に振る女性に、深山はノートに挟んであった果歩の写真を見せた。

「この方なんですが」

「……さゆりちゃん？」

「さゆり？」

彩乃が身を乗り出した。

「同じお店で働いてる子です」

「あの、お店って？」

深山は飲んでいたコーヒーカップを置いて、女性を見た。

「言わなきゃいけない？」

「お願いします」

「……風俗よ」

女性は気まずそうな笑いを浮かべて言った。

「ちなみに彼女は何年前から？」

「あの子は……二年前からかな？」

「なるほど。〇・一％が見えてきたね」

深山が腕組みをしながら呟いた。

「話さなかった理由はこれだったのね」

彩乃も納得だ。

「じゃあ次は？」

深山は彩乃を見た。

「次は？」

深山の態度にムッとし、彩乃は「貯めてたお金を何に使おうとしているかですよ、ね？」と思いきり深山を睨み付けた。

「うん、そうだね」

深山が頷く。だが彩乃はハッとして「ごめんなさい」と、ほったらかしの目の前に座っている女性に謝った。

「あ！」

突然窓の方を見ていた深山は声を上げた。外で寝袋姿の明石が警察官に職質されている。明石は寝袋に入ったまま立ち上がり、ぴょんぴょん跳ねながら逃げていた。

「うわあ」

彩乃も声を上げた。

「忘れてた」

「あーららら」

深山と彩乃はすぐに助けには行かずに、その様子をしばし楽しんでいた。

*

佐田は競馬雑誌を読みながら、膝の上に飼っている犬のトウカイテイオーを乗せてのんびりと朝食を食べていた。

「あなた、十時よ」

由紀子に声をかけられても、ああ、と、生返事だ。

「見てくれよ、サダノウィンがこんなデカく出てんだよ」

佐田は得意げに競馬雑誌の一ページを見せた。

「……最近、ずいぶんのんびりしてるのね」

由紀子はためいきまじりに佐田を見ている。

「部下に任せるのも仕事のうちなんだよ。状況を冷静に見極めて、育てながら勝つ。これも上に立つ者の使命だ」

「じゃあ、今の私の状況も冷静に見極めてくれる？　掃除を始めたいの」

由紀子が掃除機を振り上げ、にっこりと微笑んだ。

「……はい、トウカイテイオー、どいてくれ」

佐田はトウカイテイオーを膝から下ろすと、急いで朝食の皿をカウンターに持っていった。

「ありがと～」

「あ、特別おいしかったよ、今日。水、つけといたほうがいい？」

由紀子に気をつかいながら、では、出走してまいります、と、家を出た。

由紀子は、いってらっしゃい、と見送りながら、おもむろにスマホを取り出すと、

「よし、これで間に合う」と、エステサロンを予約した。

翌日、彩乃はひとりで東京拘置所へと向かった。

「今日はちょっと肌寒いですね」

接見室に出てきた果歩に笑いかけた。

「まだやめてなかったんですか？」

果歩の態度は相変わらずかたくなだ。

「……私はあなたの弁護人です。私の目標はあなたの無罪判決を得ることです。だから一緒に戦いましょう」

「お断りします。帰ってください」

果歩はすぐに立ち上がり、戻っていこうとする。

「貯めたお金、何に使おうとしたんですか？」

彩乃が問いかけると、果歩は立ち止まった。

「あなたに関係ありません」

「関係なくないんです。あなたがどこで働いて、どうやって貯めて、何に使おうとしていたのか証明できれば、無実の証拠の一つになるんで……」

彩乃は必死の思いで言った。

「生活を切り詰めて貯めたんです」

「それだけじゃないですよね？」

彩乃は背中を向けてしまった果歩に問いかけた。

「風俗で働いてたんですよね？」

「バカなこと言わないでください。もう、帰って」

果歩は接見室のドアを叩き「終わりました」と看守に声をかけて、行ってしまった。


その頃……。冴子は病室でベッドの背もたれを少し上げて、荒い息をしながら窓の外を眺めていた。もうほとんど体力は残っていない。だけど……。冴子はどうにか体を起こし、便箋に向かい、手紙を書き始めた。

＊

彩乃は深山と連れ立ち、果歩が育った『たいよう育成園』を訪ね、果歩をよく知る職員に話を聞いた。

「あの子は人のものを盗むような子ではありません。あの子はお金をとても大事にする子なんです。うちでは三ヶ月に一回、微々たる額ですけれども、お金を渡して、一緒に好きな服を買いに行くんです。でも、あの子は新しい服を買わずに、ずっとお金を貯めてました」

「そうですか」

彩乃はうなずいた。耳に触りながらメモを書いていた深山も顔を上げたそのとき、別の職員がダンボールを持って入ってきた。

「ありましたよ！　これ、果歩ちゃんがここにいたときのものです」

ダンボールには『吉田果歩』と書いてある。

「ありがとうございます」

「失礼します」

彩乃は礼を言い、深山が中を開けた。まず取り出したのは通知表が入ったファイルケースだ。

「通知表……」

深山はケースを彩乃に渡すと、次に画用紙の束を取り出した。果歩が描いた絵だ。一枚目は二頭の象と女の子が描かれた絵だ。二枚目は花火大会だろうか。花火を見上げる二人の後ろ姿が描いてある。おそらく母親と果歩だろう。

そして三枚目は、ピンクの外壁をした、三角屋根の家だった。

「あ」

「大きい三角屋根の家……」

深山と彩乃は声を上げた。幼い頃に描いたのかクレヨンで、その次の絵は色鉛筆で、その次の絵は絵の具で、と変わっていき、画力もどんどん上がっている。でも、描いているのは一貫してピンクの外壁をした三角屋根の家だ。

「ああ、果歩ちゃん、よく三角屋根の家を描いてましたよ。お母さんと、この絵みたいな三角屋根の大きな家に一緒に住むんだって口癖のように言ってました」

職員の言葉を聞き、深山は彩乃の顔を見た。

翌日、彩乃は果歩のもとを訪れた。果歩はうつむき、全く彩乃を受け入れる様子はない。

「……果歩さんは、お母さんと一緒に住む家が欲しかったんですね」

彩乃は言った。

「は？」

「お母さんに帰って来てほしくて……」

「ふざけないでよ！　そんなことあるわけないでしょ」

果歩は目の前の机を叩いて立ち上がった。プイと横を向いているが、今回はドアの向こうに戻っていこうとはしていない。

「あなたが育った施設に行ってきました」

彩乃は果歩が描いた絵を見せた。

「……小さい頃のことでしょ」

果歩は絵を一瞥して、また横を向いた。

「あなたの会社の私物にありました」と語りかけ、今度は付箋のついた住宅情報誌を見せる。「ずっとお母さんに会いたかったんですよね?」

「馬鹿じゃないの? あの女は私を捨てて逃げたのよ! あんな女になんか、これっぽっちも会いたくない!」

「本当にそう思ってるんですか?」

「あなたに何がわかるの? あなたみたいに、いい大学出て、弁護士になるような人生を送ってきた人に、親に捨てられた私の苦しみがわかるわけない! 私はあの女を絶対に許さないから!」

果歩の大きな瞳には涙がいっぱいたまっている。

「……本当は口止めされていましたが、言うべきだと思うから言います」

彩乃は切り出した。

「何よ」

「お母さんは余命一ヶ月です。ガンです。もう二度と会えないかもしれません」

「……だからなんなのよ？　私には関係ない」

果歩は唇をふるわせながら言った。

「せめて、お母さんからの話だけでも聞いてくれませんか？」

彩乃は『果歩へ』と書かれた白い封筒を見せた。

「ここでは渡せないので、私が読みますね」

彩乃は便箋を取り出した。

「『果歩へ。体は大丈夫？　そんな場所にいたら、心も体も疲れ切っているんじゃないかと、心配です。ごめんなさい。あなたがそこにいることの責任は私にあります』」

彩乃が読み始めると、果歩は力なく椅子に座った。

「『私があなたを置いて逃げなければ、こんな目に遭わなくて済んだでしょう。本当にごめんなさい。覚えてますか？　小さい頃あなたとした約束を。近くに大きな三角屋根の家があって、いつかこんな家で一緒に暮らそうねって言ったことを、今も鮮明に覚えています。少しずつ貯めたお金を弁護士さんに預けました。あなたは、あなたの家族を見つけて、そのお金で夢だった大きな家に住んでください。あなたにはこれからがある。新しい家族のために戦ってください。無罪を勝ち取って、これからの人生を笑顔で過ごしてください。それが、私にとって何よりの幸せです。最後に……誰よりもあなたのことを愛しています。頑張って、果歩』」

「お母さん！」

手紙を聞き終えた果歩は、こらえきれず大粒の涙をこぼしていた。

二十年ほど前——。

冴子と手をつないでスーパーから帰ってくるときに、あの三角屋根の家を見つけた。

「このおうち、すごく大きいね」

果歩は足を止め、冴子に言った。ふたりでしばらく眺めていると、家の中から果歩より少し年上の姉妹がバイオリンケースを手に出てきて、楽しそうに二人で出かけていった。何不自由のない、絵に描いたような幸せな家庭だ。

「こんなおうちに住みたい？」

冴子に問いかけられた果歩は、少し考えてから、ううん、と首を横に振った。本当は住みたかったけれど、子ども心に冴子に遠慮したのだ。

「……ごめんね。お母さん頑張るから、いつかこんなおうちに住もうね」

「うん。果歩も頑張る！　絶対一緒に住もうね」

「住もうね」

冴子は果歩に額をくっつけ、ぎゅっと抱きしめてくれた。


果歩の嗚咽は止まらなかった。

「……罪を認めます」

果歩は彩乃に向き直った。

「え？」

「私がやったことにしてください。取り調べで、罪を認めれば早く出られるって言われました」

そして、彩乃に近づいてきて訴えた。

「いや……でも」

「裁判になれば、時間が長引けば、二度と会えなくなるかもしれないんでしょう？　お母さんに会いたいんです。お願いします、お願いします……」

果歩は頭を下げた。

*

彩乃は佐田の個室を訪れ、これまでの経緯を話し、意見を聞いた。

「どうしたらいいでしょうか……?」

「俺だったら示談の交渉をして、早期の保釈を認めてもらう」

佐田は迷わずに言った。

「でも、彼女は無実かもしれない」

彩乃の後方で机に腰を下ろしながら聞いていた深山は、そう言った。

「決定的な証拠は何もないんだ。何より吉田果歩本人が保釈を望んでいる」

佐田は主張した。

「やってもいないことをやったと言わせるんですか?」

「そうまでして、彼女は母親と会いたいと言ってるんだ。それが依頼人の利益だ」

「じゃあ佐田先生、たとえばですよ」

深山は佐田の机の前までやってきて、身を乗り出した。「殺人容疑で起訴された依頼人が、無実を訴えていたとしますよね。でも、佐田さんにだけ『実は自分がやった。でも、やったことは黙っていてくれ』と告白したとする。そしたら佐田さんは、無罪を主張するんですか？」

「当然主張する」

佐田は愛馬の優勝記念の鞭を手に立ち上がった。「俺は依頼人が望むことを最優先するからだ。そこでもしクロだとわかっても、依頼人がシロだと主張するなら、嘘をつかない範囲でシロだと証明する方法を考える。刑事弁護とは本来そういうものだ」

「それが弁護だとは僕は思いませんけどね」

深山は腕組みをして、佐田の机に座った。

「これは殺人じゃない。示談を成立させられる案件だ。いいか、立花、そうすれば保釈請求が通る可能性が高くなる。母親と会わせることもできる。何度も言うが、それが依頼人の利益だ」

「僕だったら、事実を曲げることだけは絶対にできないですけどね」

二人の意見はどこまでも交わらない。しばしの沈黙の後、深山は佐田の個室を出て行こうとした。

「どこに行く？」

「シロだという決定的な証拠を探すんです」

「その決定権はおまえにない。今回の主任は立花だ。立花が判断して、どうするか決める。よけいなことするなよ」

　佐田に言われた深山は、彩乃を見た。

「主任はどうしたいんですか？」

　その問いかけに彩乃が答えられずにいると、深山は背を向けて出て行ってしまった。


　彩乃は検察庁の丸川の個室を訪れていた。

「お願いします」

　これまでの経緯を話し、彩乃は丸川に頭を下げた。

「保釈は裁判所が決めることですから」

　丸川は感情のこもらぬ口調で言った。

「こちらが裁判所に請求を出しても、邪魔をするのは検察じゃないですか。お願いします！」

「いくらお願いされても、母親が病気ってだけで保釈はね。本当に保釈させたいなら、罪を認めさせて示談にしてくることですよ。まあ結果は、変わりませんよ」

　どうぞお引き取りくださいと、丸川はもうそれ以上聞く耳を持とうとしなかった。

帰り道、彩乃は事務所の近くの公園のベンチで考え込んでいた。すると、外出先から戻ってきた様子の斑目が近づいてきた。気づいた彩乃は立ち上がって、頭を下げた。

「示談に持ち込みたいと言ってきたみたいだね」

斑目は切り出した。

「……はい」

「依頼人の利益ってなんだと思う?」

「依頼人の要求を叶えてあげること……ですよね」

それはいつも、佐田が主張していることだ。

「うん。きっとそれも正解だ。でも、その要求が依頼人の人生にとって、必ずしもよく働くとはかぎらない」

斑目はベンチに腰を下ろした。彩乃も遠慮しつつも、隣に座った。

「では斑目先生は、裁判で無罪を取ることが吉田さんにとっての利益だと?」

「利益が何かなんて、決まった答えはないんじゃないかな。でも、弁護人はそれが何かを判断しなきゃならない。それができるのは、吉田さんと向き合ってる君だけだ」

斑目は立ち上がった。そして、彩乃の方に振り返った。

「判断しなさい、君は弁護士だろ」

＊

翌朝、いつもより早く出勤した佐田のもとを、彩乃が訪ねてきた。その顔は昨日とは別人のようにすっきりしている。

「……裁判で争おうと思います」

彩乃は佐田に報告をした。

「……その判断でいいんだな」

「はい。ただし吉田さんをちゃんと説得します」

「わかった。好きにしなさい」

佐田はうっすらと笑みを浮かべながら、うなずいた。

「ありがとうございます」

彩乃は深く頭を下げ、出て行った。

「さてと」

彩乃の背中を見送っていた佐田は手を伸ばし、受話器を手に取った。

彩乃は拘置所に行き、果歩に自分の考えを話した。

「え……なんで示談じゃダメなんですか？」

「果歩さん、まず、話を……」

「そんなことより、母に会いたいって言ってるじゃないですか？　どうして希望を叶えてくれないんですか？」

「私はあなたの弁護人です」

彩乃は背筋を正し、真剣に果歩に訴えた。「だけど、あなたの苦しみは私にはわかりません。だから、もし自分だったらどうするのか、考えました。私は、お母さんに会うために何年も必死で働いて貯めてきたお金を、盗んだお金だなんて言われたくない。そんな姿でお母さんに会いたくない。私だったら戦って無実を証明して、お母さんに会いたい」

彩乃は立ち上がり、乗り出した。そして頭を下げた。

「私にあなたの無実を証明させてください。お願いします！」

深山は『いとこんち』の厨房で、フライパンの中の卵をかきまぜながら、考えていた。

「金庫の暗証番号を知っていたのは三人だけ。社長、専務、吉田さん……メモは社長が書いた。二人はそれを見ただけ」

ブツブツつぶやきながら、フライパンに煮込んでおいた、ラタトゥーユを入れる。

「専務は金庫を開けられなかった」

「ねえ、ヒロくん」

カウンターに座って曲を作っていた加奈子が、深山に呼びかけた。

「ここなんだけど、『♪わたしのほっぺはポテトチップスよ』か、『♪わたしのほっぺはポップコーンよ』、どっちがいい？」

「どっちにしてもザラザラのボコボコじゃねえかよ」

坂東が歩いてきて、加奈子に声をかけた。

「店長に聞いてませんから」

加奈子が言ったとき、ガラガラ、と店の扉が開いた。

「……お」

「……誰？」

坂東と加奈子が入口のほうを見て反応した。深山が振り返ると、それは彩乃だった。

だがすぐにフライパンに視線を戻し、卵とラタトゥーユを混ぜ始めた。

「お泊まりかい？」

「お泊まりって何よ？　誰よ、あんた」

坂東と加奈子が騒いでいるが、彩乃は深山をまっすぐに見て言った。

「話があるんだけど」

「私が話してんの！」

加奈子が立ち上がり、背の高い彩乃を見上げた。

「加奈子ちゃん。ちょっと、大事な話あるみたいだから、一回外出ようね」

坂東が引き離す。

「二人きりにさせられるわけないじゃない！」

「歌詞一緒に考えてやるから」

「嫌だ、ヒロくんに考えてもらいたいの」

ジタバタ暴れる加奈子を坂東が引きずるようにして、店の外に連れて行った。

「果歩さんが同意してくれたの。裁判で戦うことにする」

彩乃はカウンターの中を覗き込んで言ったが、深山は料理の盛り付けに没頭している。

「話聞いてます？」

「うん、聞いてるよ」

深山は作業をしながら答えた。

「でも、もっと証拠が必要になる。一刻も早く裁判を終わらせたいの。手伝ってくれない？」

彩乃が決まり悪そうに言うと、深山は顔を上げた。二人はしばらく見つめ合った。そして、深山は言った。

「わざわざそんなこと言いに来るくらいなら、とっとと証拠探しに行けば？」

「……ちっ」

彩乃は舌打ちをし、目を見開いてカブローンのポーズをした。と、そこにメールを受信したので、ポケットから携帯を取り出した。

「まずはこれ食べてさ」

深山はカウンターに『深山のラタトゥーユオムレツ』を置いた。彩乃はメールを読んでパッと笑顔になり、何度もうなずいた。

「じゃあ」

彩乃は深山に笑いかけ、さっさと店を出て行った。

「……え」

深山は湯気を立てているオムレツと共に店に残された。

佐田から来たメールは『朗報』というタイトルだった。

『浅草の料亭「嘉将」に行け。川口建設の社長が大帝工業の社長と出てくるはずだ』ということだ。彩乃が店の前で張り込んでいると、佐田のメールにあった通り、二人の男が出てきた。

「じゃあどうも」

「失礼いたします」

タクシーに乗り込んだ男に声をかけているのは川口だ。大帝工業のロゴが入った封筒を手に、ぺこぺこしている。彩乃はその様子をデジカメで撮影した。

「ったく、食べものに罪はないのにねえ」

深山はぶつぶつ言いながらカウンターを拭いていた。

「ん? なんか落ちてるよ」

深山は床に落ちているノートを拾い上げた。リングノートで、開きっぱなしの状態になっている

「ああ、それ歌詞……」

別のテーブルを拭いていた坂東が言った。さっき加奈子が歌詞を書いていたノートだ。

「ん? 『れたしのほっぺ』って何?」

深山は歌詞を読んで言った。

「あー、それ『わ』だよ。『わたしのほっぺ』だよ」

坂東は言うが、加奈子の書く『わ』は丸みをおびていないので『れ』に見える。

「『わ』？　『れ』でしょ、どう見ても。『わたしのほっぺはポテトチップス』って、ジャガイ……」

言いかけて、深山はハッとひらめき、リュックから資料のファイルを出した。そして、テーブルの上に川口にもらった暗証番号の書かれたメモを置いた。そこには『5612 1247』という二つの四桁の数字が書かれている。これを足すと『6859』。川口はその番号を押して金庫を開けてくれた。でも剛田が押すと二回ともエラーで……。

耳をふさぎ、神経を集中させていた深山はハッとして、顔を上げた。そして……。

「金庫なんか、開きんこない」

深山はつぶやいてウヒヒと笑ったが、坂東は顔を引きつらせていた。

＊

二週間後、裁判が開かれた。

「それでは弁護人、反対尋問はありますか？」

裁判長の言葉に、彩乃が「はい」と立ち上がった。

「失敗しそうだったら、すぐ変わるから」

囁く深山に「ご心配なく」と答えると、彩乃は席を立って川口と向き合った。

「それでは、弁十二号証を示します」

彩乃は資料をモニターに映し出した。そこには『水道工事実績』の赤い棒グラフが示された。十一月から十二月は短い赤い棒が、二月から急激に伸びている。

「こちらは川口建設がこの半年間で大帝工業から受注した水道工事の実績です。川口さん、大帝工業とはどのような関係でしょうか？」

「うちが大帝工業さんの下請けです」

川口が答える。

「ここ三ヶ月で受注数が倍以上にも増加しているんですが、ここまで急激に受注が増える理由は何でしょうか？」

「それは、大帝工業さんが決めることですのでわかりません」

「質問を変えます。事件があった四月二日の夜、あなたはどこにいましたか？」

「先ほども申しましたとおり、大阪に出張に行ってました」

「はあ……おかしいですね。その日の夜、あなたは浅草の料亭嘉将で、大帝工業の社長と会っていた、という証言がお店から取れています。この調書は後に提出します」

　そして彩乃は、証人席の横に準備しておいた金庫の模型を移動してきた。

「こちらは川口建設に置いてある金庫と、同じ型の金庫です。被告人と剛田専務から事件当時使用していた暗証番号を聞き、同じに設定してあります。証人の供述を明確にするために、こちらを使用してもよろしいでしょうか？」

「検察官、よろしいですか？」

　裁判長に尋ねられた丸川は席を立ち、金庫に顔を近づけて細部を確かめてから「はい、どうぞ」と言った。

「暗証番号を知っているのは、証人である社長と、剛田専務と、被告人の三人で間違いありませんか？」

　彩乃は指を三本立て、川口に尋ねた。

「間違いありません」

「証人は四月二日当時使用していた暗証番号を覚えていますか？」

「ええ……たしか……」

　川口は口ごもった。

「裁判長、証人の記憶を喚起するため、弁七号証に添付された、メモを映し出したいんですが、よろしいでしょうか」

「どうぞ」

　裁判長に許可を得て、彩乃は深山が川口からあずかったメモを映し出した。

「これはなんですか？」

　彩乃は川口に尋ねる。

「暗証番号を剛田専務と吉田さんに伝えるために私が書いたメモです」

「なぜ四桁の数字が二つあるんですか？」

「この二つの数字を足した数が暗証番号ですので」

「では、開けてみてください」

　川口は立ち上がり、金庫の模型に暗証番号を入力した。しかし、エラーが出て金庫は開かない。

「あれ？　私の設定した暗証番号になってませんよ」

　川口は焦った口調で言った。

「間違えていませんか？」

　彩乃は尋ねる。

「そんなことないですよ」

「その番号は何番ですか?」

「6859ですよ」

川口は憤然としながら言った。

「6859? 証人は、このメモに書かれた数字を、5612プラス1247と認識していたんですね」

「はい」

「繰り返しますが、この金庫は被告人と剛田専務から、事件当時使用していた暗証番号を聞き、同じに設定してあります」

彩乃は金庫の前にしゃがみ、暗証番号を入力した。すると、金庫はピピピピ、と音を立てて開いた。法廷内が、ざわめきたつ。

「実は、被告人と剛田専務は、この暗証番号を6259と覚えていたんです」

彩乃の言葉に、被告人席の果歩も大きく頷いた。

「なぜでしょうか」

彩乃は問いかけたが、川口はすっかり青ざめている。

「それは、証人が書いた5612の6という数字を、0だと勘違いして足し算していたからです」

たしかに、川口の書いた『６』は上の部分が短く『０』にも見える。むしろ『０』に近い。

「証人は暗証番号を６８５９と設定した。６２５９と憶えていた二人に、金庫を開けられるはずがありませんよね？　つまり、当時、この金庫を開けることができたのは、証人である川口社長、あなただけなんです」

彩乃は川口の目をまっすぐに見据えた。川口は明らかに動揺して目を逸らし、額を拭いたりしている。

「事件当日、あなたは大阪行きのチケットは購入したけど、実際には出張には行ってないんじゃないですか？　そして浅草の料亭で大帝工業の社長に口利き料として金庫にあった一千万円を渡した。いずれ補填しようと考えていたものの、お金がなくなったことに気付いた剛田専務が警察に通報してしまった。慌てたあなたは、被告人に罪を被せようと、被告人の鞄に金庫にあった封筒を入れた。違いますか？」

彩乃の言葉に、川口は大量の汗を流し、立っているのもやっとの様子だ。

「異議あり！　弁護人の発言は憶測に基づくものです」

丸川は言った。

「以上で尋問を終わります」

彩乃が颯爽と弁護人席に戻っていく間に、川口は膝から崩れ落ち、荒い呼吸をしながら床に座り込んでいた。

「なんだ、出番なしか」

無事に反対尋問を終えて席に戻って来た彩乃に、深山はつまらなそうに言った。

裁判を終え、彩乃は佐田と深山と共にマネージングパートナー室を訪れた。

「よく頑張りました」

斑目が差し出した右手を、ありがとうございます、と、握り返す。

「佐田先生が情報をくださったおかげです。ありがとうございました」

彩乃が礼を言うと、佐田も彩乃に握手を求めた。

「うん、握手できたな」

「はい」

二人は笑顔で頷きあう。

「いい味付けだったよ」

佐田はリクライニングチェアにふんぞり返っている深山にも手を差し出した。

「素材はあんまりよくなかったですけど」

深山はゆっくりと立ち上がり、握手に応じた。

「なんの話ですか?」

彩乃が尋ねると、

「いやいや別に」

佐田が笑う。

「でもよく川口建設の裏を取れましたね」

深山は言った。

「ま、調べていくうちにあの料亭の情報が出てきてな。あそこよく俺も行くんだよ。あそこの女将とはちょっと仲がよくてな」

「へー。奥さんに伝えますね」

「いいよ?」

「ホントですか?　じゃあ言います」

「ああ、いいよ、言えるもんなら言ってみろ」

言い合いをしている二人にはかまわずに、

「立花くん、結審まで彼女の母親は持ちそうか?」

斑目が彩乃に声をかけた。

「正直、わかりません……」

「そうか。持つことを祈るばかりだな」

「……はい」

　彩乃は静かに頷いた。

*

「主文。被告人は無罪」

　一週間後、裁判長が判決を言い渡した。

　深山たちは喜び合う間もなく、その足で病院に向かった。到着すると果歩はタクシーを飛び出し、病室へと走った。彩乃と深山も後を追った。

　病室の前で果歩は少しためらっていたが、思い切ってドアを開けた。と、そこには冴子の新しい家族であろう、夫と、制服姿の男の子が二人立っていた。果歩の姿を見ると、夫が果歩に軽く頭を下げ、息子たちに脇へよけるよう促した。

　果歩は一歩ずつゆっくりと、ベッドに近づいていった。冴子は目を閉じ、もう息を引き取ったかのように見える。果歩はおそるおそる、手を握った。でももう冴子の反応はない。果歩の目から涙が溢れ出て冴子の手に落ちたそのとき、その手がぴくりと動いた。

冴子がかすかに手を動かして果歩の手を握り返し、うっすらと目を開けた。

「果歩……ごめんね……」

「お母さぁん！」

果歩は嗚咽を漏らした。

「……幸せに……生きてね」

冴子の言葉に頷くと、

「お母さん……」

果歩は冴子に抱きついて泣いた。冴子は安心したように、また瞼を閉じた。そしてその瞼は二度と開くことはなかった。

病室の様子を、深山と彩乃はそっと廊下から見守っていた。


夜、深山は『いとこんち』のカウンターで一人、酒を飲んでいた。

頭の中に、少年時代の記憶が蘇ってくる。

青空の下、深山はよく父とラグビーをした。上手にキャッチできると父が笑顔で頭を撫でてくれた。笑うと目尻に深いしわが刻まれた父が、深山は大好きだった。

けれど次に浮かんだ光景の中の父は、自らが経営する店の中で、数名の男たちに囲まれて大声で言い合っていた。母親はその光景を見ながら怯え、小学生だった深山は店の隅から男たちを睨み付けていた——。

深山は酒を飲み干し、グラスをそっとカウンターに置いた。

第4話　永遠に証明できない無実!!　逆転の一手は

深山は佐田と連れ立ち、警察署の留置場に来ていた。接見室に並んで座ったが、佐田がやけに積極的に依頼人の菊池章雄に話を聞いていた。

「なるほど～」

佐田は眉を吊り上げ、目をぎょろりと光らせ、口元には笑みを浮かべ……なんともいえない大げさな表情でうなずいている。いつものように耳を澄ませながら菊池の話を聞いていた深山は、いったい何事かと、横から穴のあくほど佐田の横顔を見つめた。

「では、事件当日のことを話していただけますか？」

佐田は菊池に問いかけた。菊池は佐田とほぼ同世代だが、黒髪をびしっと七三分けに撫でつけている佐田に比べ、菊池の頭髪にはずいぶんと白髪が混ざっている。

「はい。あの日は研究者を対象にした光学に関するシンポジウムがありまして……仕事場の元同僚の井原という女性が会場に来ていて、久しぶりの再会に話が盛り上がり

「……」

『光学科学シンポジウム』の会場で、菊池は研究者として企業の参加者たちに説明をしていた。すると、かつて部下だった井原宏子が「菊池さーん」と笑顔で駆け寄ってきた。久しぶりだったし、話したいことがあると言われたので食事に行くことにしたのだという。

「軽く食事をした後、彼女とバーに行くことになり……話し込んでしまって遅くなり帰ろうしたら急に酔いが回ってきて……」

地下にあるバーのカウンターで飲んでいた菊池は、立ち上がろうとしたときに足がもつれ、スツールから落ちてしまった。送っていきますと言われて井原に肩を借り、二人は地下の店を出た。元部下に迷惑をかけてしまい情けなく、申し訳ないと謝りながら、どうにか階段を上がって地上に出たが、だんだんと目の前の景色がかすんできた。

「それからの記憶があまりありません。研究も終わりかけて気が抜けていたのかもしれません」

菊池は言った。

「そのときの……」

深山が言いかけたが、佐田が同時に口を開いた。

「終わりかけは気が緩みますぅ……ものすごくわかるな、あ、どうぞ、続けて」

佐田は菊池に共感したように相槌を打ち、話の続きを促した。

「そして、気が付いたら……」

菊池が目を覚ますと、ビルの壁にもたれていたという。そこはビルとビルの間の、狭い場所だった。

「なんでこんなところにいるのかもわからず、大通りに出たんです。そしたら……」

大通りに、井原と警察が立っていた。そして井原が菊池を見た途端に「あの人です！あの人に触られました」と菊池を指さしたのだという。

「その場で逮捕されたんですね」

佐田が尋ねた。

「はい。私は否認したんです。でも彼女が……」

菊池は続けた。井原は、調書を取る婦警に「急に強い力で路地裏に連れ込まれて……。酔っ払ったふりをして、私の胸を無理やり触ったんです。私は必死に抵抗して、突き飛ばしました。私、彼を訴えます」と、主張したという。

「……で、強制わいせつの罪で告訴されて……。私はそんなことはしていません。無実です」

「でも記憶はないんですよね？」

深山は佐田が口を開く前に尋ねた。

「……はい」

菊池は力なくうなずいた。

「本当にやってないんですか？」

「もともと同僚の女性ですよ。そんなことするわけないでしょう。こんな状態になって、家族との面会すら許されないなんて……。私はどうしたらいいんですか？」

「方法は二つあります」

今度は佐田が深山を遮って乗り出した。「一つは裁判で争うか、で、もう一つは被害者と示談をするかです。ここを早く出たいですか？」

「もちろんです」

「だったら示談をお勧めします」

「示談？」

菊池は顔を歪めた。

「もし起訴されて、裁判になれば時間はかかりますし、有罪になる可能性が高いんです。これ、事件としては軽微なものです。裁判になる前に相手方に謝罪して示談にしてもらって、告訴を取り消してもらうべきです。そうすればここから早く出られます」

佐田が早口でまくしたてるが、

「ただし示談は、自分がやったと罪を認めることになります」

深山は口をはさんだ。

「私はやっていません」

菊池は真剣な目で深山に訴えた。

「こういう事件は本当に難しいんです。そこで何があったか、これは当事者しかわかりません。あなたがやっていないと主張し続けても、それを証明するのはかなり難しいと……」

「私はやっていません！」

菊池は声を上げた。そして「無実を証明してください」と、深山を見て言った。

「わかりました」

深山と佐田の声が重なった。

「私に任せてください。これから取り調べがきつくなるかもしれませんが、絶対に認めないでください。それから調書にサインもしないでください。大丈夫です、絶対大丈夫です」

そして最後にもう一度、佐田は、私に任せてください、と、菊池に言った。

＊

その頃、ウドウ光学研究所のロビーにはマスコミの記者たちが詰めかけていた。

「菊池さんは認めたんですか？」「事実関係はどうなってるんですか？」

研究所のロビーに押しかけた記者たちの質問が飛ぶ。

「ええ、事実関係はまだわかりませんが、我が社の社員がこのように世間をお騒がせしていることを、深くお詫び申し上げます」

社長の鵜堂勝太郎が頭を下げる様子が、テレビやネットのニュースで流れた。

深山は佐田と一緒に事務所に戻ってきた。

「さっそくミーティングを始めるぞ」

佐田は張り切って刑事事件専門ルームに向かう。

「え？」

深山が面食らっていたところに、彩乃が歩いてきた。

「お疲れさまです」

彩乃が声をかけると、

「お疲れさまっ！」

佐田は気合いたっぷりの声で答え、早足で歩いていった。

「早かったわね」

彩乃は深山に並んだ。彩乃が手にしているファイルをちらりと見ると、菊池が掲載されている雑誌記事のコピーのようだ。

「この人、そんなにすごい人なの？」

「知らないの？　彼の十年前の研究で、世界の太陽光発電は急激な進歩を遂げたの」

彩乃は深山に『菊池章雄　太陽光発電の未来を変える男』という雑誌記事を渡した。

「今やってる研究が成功すれば自然エネルギーの常識をくつがえすんじゃないかっていう……噂よ。知らないの？」

彩乃は深山の前に回ってきて、得意げに言う。

「なるほどね、それでか」

深山は張り切っている佐田の背中を見て、納得したようにうなずいた。そして、自然エネルギーには興味がないとばかりに彩乃に資料を返した。

「何モタモタしている、早く来い」

佐田は振り返って深山たちを急かした。

「佐田先生どうしたの？」

彩乃は尋ねた。

「さあねえ」

深山はにやにやしている。

刑事事件専門ルームに入っていくと、藤野の席に明石と奈津子がいて、携帯画面をのぞきこんでいた。

「ええ〜っ、奥さん、こんなデカいんすか？」

「えええええ〜っ」

明石と奈津子は藤野の携帯におさめられている家族写真を見て、声を上げた。奥さんが藤野の二倍ぐらいある。

「娘を見てください。いやいやいや、娘を……」

藤野は言うが、明石たちの目は藤野の妻に釘付けだ。

「この巨漢に大回転逆さ落としされたんすね？」

明石は尋ねた。

「そう。こないだもさ、見て見て見て」

藤野はシャツをまくりあげて、あざになっているわき腹あたりを見せた。

「やめてください、きったない」

奈津子が顔を逸らしたところに、佐田が入っていった。奈津子は慌てて姿勢を正し、藤野も硬直した。佐田に続いて入っていった深山はふざけて藤野のあざを指で押したが、彩乃は不快な表情を浮かべている。

「今回の依頼を言う。依頼人は菊池章雄。彼は五月六日、神楽通りの路地裏で、元同僚の井原宏子さんの体に触って、強制わいせつ罪の容疑で逮捕。本人は容疑を否認。無実を証明してほしいと言っている」

佐田はさっそく概要を説明した。

「うわー、やっかいなの来たなー」

明石が呟く。

「この二人は神楽通り近隣のバーにその直前まで一緒におり、バーを出たのは午前二時半。そして菊池さんが逮捕されたのが午前三時。つまりこの三十分間の出来事だ。やるべきことは限られている。深山と立花は現場に行って、バーの店長から話を聞いてくれ」

「はい」

彩乃が頷く。

「明石と藤野は……」

佐田が顔を上げると、藤野はベルトを外し、シャツをズボンにしまっていた。

「続けていいか？」

確認して、佐田は続けた。

「明石と藤野は神楽通りの防犯カメラの確認と目撃情報の聞き込みを。戸川くんは被害女性について調べてくれ」

「はい」

奈津子が返事をしたが、

「あの、僕、全部できますけど」

深山が飴を舐めながら言った。

「いつ起訴に踏み切られるかわからん。時間がないんだ……立花！」

佐田は深山の言葉を無視し彩乃に声をかけて、すぐ動き出すようにと急かした。

深山と彩乃が出て行き、その後をパラリーガルたちが続いた。

「どうして急に指示なんか出して？」

「何があったんですかね？　佐田先生」

階段を上りながら、明石と藤野が首をひねっている。

「きっと何か狙いがあるんですよ」

奈津子はそんな二人に言った。そして最後に、佐田は刑事事件専門ルームを出た。個室に向かおうと思ったが、廊下のソファで斑目が新聞を手に座っている。佐田は驚いて足を止めた。

「佐田ファームの全頭、うまくゲートに入れてスタートさせたね」

斑目に声をかけられ、佐田は苦笑いを浮かべた。

「暴れ馬ばっかりで困りますけどね」

＊

深山と彩乃は菊池と井原が飲んでいた『Ｂａｒ　ＫＡＢＯＮ』を訪れた。まだ開店前の店内で準備をしていた店長の根元勇（ねもといさむ）は、長髪を撫でつけひげを生やした、いかにもバーテンダー風の男性だ。彩乃は根元に五月六日の深夜のことを話した。

「そんなことしそうな人には見えなかったけどな」

根元はグラスを拭きながら、驚き顔で言った。

「一緒に来ていた女性は常連さんですか?」

彩乃は尋ねた。深山は店内の様子を見て回っている。

「いいえ。このときが初めて」

「初めて……」

彩乃はメモに書き留め「どんな様子でした?」と尋ねた。

「というと?」

「普通に話していたとか……喧嘩してたとか、イチャイチャしてたとか」

「イチャイチャというより、男性の方が一生懸命口説こうとしてたかな」

「口説こうとしてたんですか?」

店内を眺めていた深山は、その言葉に反応した。

「そんな感じのが聞こえたよ。そこで話してたから」

根元は自分から見て右側の方のカウンター席を指した。

「ここ?」

深山はその位置に座った。

「女性は？」

「左隣」

根元に言われ、深山は左隣の椅子を引いた。

「座って」

そして、彩乃を見た。

「なんで？」

彩乃は顔をしかめながら、隣に腰を下ろした。

「それで？」

深山は左手で耳を触りながら、根元に先を促した。

「そこで男性が女性に顔を近づけて……」

根元が言うと、深山は彩乃に顔を近づけていく。

「ちょっと」

彩乃は顔をしかめた。

「ん？」

「近づき過ぎじゃない？」

「君に興味があってやってるんじゃないよ。事実を知りたいだけだから」

淡々と言う深山を、彩乃が睨みつける。

「そんな感じで口説いてたな」

根元は深山たちを見て笑った。

「なんて言ってました？」

深山は尋ねた。

「『昔から君のことに興味があったんだ』って」

根元は身を乗り出し、芝居がかった口調で言った。

「菊池さんは、どのくらい酔ってましたか？」

深山は立ち上がり、根元に近づいていった。

「かなり酔ってたね」

「十段階で言うと？」

「九……十かな。女性に抱えられて出て行ったから」

「店を出たのは何時ですか？」

「……二時半だよ」

「二時半……そのときは、上まで送ったんですか？」

「いや、ここで見送った。店を出た後のことは、俺は知らないなあ」

「なるほど」

深山は頷くと、ねえ、と彩乃に声をかけた。「明石さん呼んでくれない？」

「明石さん？　なんで？」

「ちなみに君、酒強いの？」

「普通よ。だから、なんで？」

彩乃はややめんどくさそうに携帯を取り出し、明石に電話をかけながら言った。

「普通ね」

深山は薄く笑みを浮かべながらうなずいた。

＊

店の階段を上がって大通りに出たところに、藤野が走ってきた。

「現場から路地裏まで防犯カメラはありません。目撃情報もないですね」

藤野が深山に報告したところに、

「やだ、歩けますって」

「危ないわ」

明石が彩乃に支えられながら、バーの階段を上がってきた。

「何？　昼間から飲んでんの？」

尋ねた藤野に、赤い顔をした明石は「へい」と答えた。

「あー、菊池さんの役なのね？　じゃあ井原さん役の方も飲んでないと……」

「私も同じ量飲んでますけど」

彩乃は冷静に答えた。

「え……」

藤野は絶句している。

「じゃあやりますよ」

深山は言った。

「やりますって何を？」

明石がろれつの回らない口調で尋ねた。

「同じ状況で、再現実験するの。ほら、担いで」

深山は彩乃に言った。

「私が担ぐの？」

「そりゃそうでしょ。立証するには同じ条件にしないと。ビデオ回してください」

「嫌なんだけど」

彩乃はむくれている。

「まだ回ってないから」

深山は、藤野が構えたビデオカメラに向かってVサインを出している明石に声をかけた。

「ほら早く、担がれて」

「ええー」

彩乃が顔をしかめる。

「○%◆△#%●&@?」

明石が深山に尋ねた。

「えっ？　なんて?」

「担がれればいいのか、って聞いてます」

藤野が通訳をした。

「よくわかりますね」

深山は感心し「ほら明石さん、明石さん？　意識ある?」と、頬をピタピタ叩いた。

「恥ずかしながら、シラフです！」

宣言する明石の腕を取り、彩乃は自分の肩に回して歩きだした。

「明るいね、まだ。いけますね、これまだまだ」

明石の言うように、あたりはまだ明るい。酔っている明石と担いでいる彩乃、カメラを回す藤野と、腕時計のストップウォッチで測りながら歩いている深山は、街を行く人たちの注目の的だ。

「おお、お二人さん！　お盛んでございますな」

明石はカップルに声をかけた。

「うるさい、もう！」

彩乃は心からうんざりした表情を浮かべ、明石を怒鳴りつけた。

「はい、ここ曲がるよ」

深山は、菊池が意識を取り戻したというビルとビルの間に入っていった。

「重～い、もう！」

彩乃は文句たらたらだ。

「はい、もうちょっともうちょっと」

深山は車を誘導させるときのように、彩乃たちに指示を出していたが、彩乃はもう限界なのか、明石の腕をほどき、突き飛ばした。

「お疲れさまです」

藤野が声をかけたが、

「もう疲れました」

彩乃はふらふらと、壁によりかかった。

「明石さん、ここ。ここにもたれて」

深山が言うと、明石はふらつきながらもその場所に座り込んだ。深山は冷静に腕時計を見た。

「時間が……オーバー久美子」

「八千点！」

「お、今日は高い」

深山は明石の採点が高いので笑顔になった。

「何かわかりました？」

藤野が冷静に尋ねた。

「ああ、ここまで四十五分かかりました。二時半に店を出て、逮捕されたのは三時。時間は三十分です。井原さんがここに菊池さんを三時前までに運んだってことは、ちょっと無理があるんじゃないですかね？　彼女ほどお酒に強い女性は見たことないですし」

深山は彩乃を指した。

「はあ？」

彩乃は不満顔だ。

「ということは？」

藤野が深山を見る。

「三時前までに運ぶには、タクシーを使ったか……もしくは誰かが手伝ったかです」

「なるほど！」

藤野がうなった。

「ザ・ワールド！　はい、消えた――」

明石はすかさず言い、そのまま地面に倒れ込んだ。

*

夕方、鵜堂が斑目法律事務所に訪ねてきた。斑目と佐田が対応し、会議室で向かい合った。

「示談？」

斑目は鵜堂の顔を見た。

「被害者はうちの元社員です。話し合えば応じてくれませんかね？　今回のことで、人生を棒に振ってほしくないんです。彼は人一倍研究熱心で、今の研究を成功させるのは彼の夢なんです」

「なるほど」

佐田はうなずき、手帳を開いてメモを取り始めた。

「実は、今、彼が行っている研究はライバル会社の西日本ガラスでも研究を進めていて、このままでは先を越されてしまう。それだけは避けてやりたいんです。どれだけお金を積んでもいい。助けていただけるのなら、我が社の顧問契約の件も、進めていただいてかまいません」

鵜堂の言葉に、佐田は思わず鼻の下を伸ばした。


刑事事件専門ルームのソファで、明石はイビキをかきながら爆睡していた。相変わらず目は全開だ。彩乃は自分の席で、足に湿布を貼っていた。

「大丈夫ですか？」

藤野が心配そうにのぞきこんだ。

「大丈夫じゃないです。あいつ……。片翼の天使、いつかお見舞いしてやる」

彩乃は悔しさに歯をぎりぎり言わせながら、カナダ人レスラー、ケニー・オメガの必殺技を口にしながら深山の机を指した。だが肝心の深山はいない。

「ん？」

彩乃は部屋の外を見た。佐田がクライアントらしき人物と、階段を上がっていく。あれはテレビの記者会見で見た鵜堂のようだが……。

＊

深山はウドウ光学研究所の打ち合わせスペースで、菊池の部下の男性社員と女性社員に話を聞いていた。

「本当ですか？　菊池さんがあんなことするなんて……」

男性社員はショックを受けていた。

「まだやったかどうかはわかりません。本人は否認しています」

「やるわけないですよ、あんないい人が……」

もうひとりの女性社員が力を込めて言い、男性社員も頷いた。

「被害者の方は、知っていますか？」

「ええ。少しの期間ですがここで働いていて、でも違う会社に移籍しましたけど」

「その会社潰れたよね？」

「そうそう」

社員たちが頷きあっているところに深山の携帯が鳴った。彩乃からだ。深山は『立花彩乃』という着信画面を菊池の部下たちに見せた。

「どうぞ」

そう言われ、席を立つ。

「はい、ただいま電話に出ることができませ……」

深山が出ると、

「面倒くせえな。今すぐ戻って！」

彩乃は有無を言わせぬ口調で言い、電話を切った。


その夜、佐田は刑事専門会議室で被害者の井原と会っていた。

「こちらで用意した示談書です」

奈津子が井原の前に示談書を置いた。

「項目一にありますように、菊池さん側から提示された一〇〇〇万円を慰謝料として納めさせていただきます」

佐田が説明すると、井原はとくに何も言わずすぐにサインをした。

「こちらが告訴取り消し書になります」

奈津子が次の書類を渡し、サインをしてもらった。

帰ってきた深山は、ちょうど奈津子が井原を連れて会議室から出てきたところとすれ違った。深山は急いで会議室に入っていった。

「すべて無事に終了いたしました。もろもろの件は後日に……はい、失礼いたします」

ちょうど、佐田が報告の電話をかけ終わったところだ。

「なぜ示談にしたんですか? 菊池さんは無実を証明してほしいって言いましたよね?」

深山は電話を切った佐田に詰め寄った。

「残念ながらこれは、菊池さん側から提示されて、菊池さん本人も了承したんだ。ライバル会社がな、彼より先に特許をとってしまう可能性がある」

「井原さんの供述には矛盾がありました。菊池さんは無実かもしれません」

「いいか。そもそもな、強制わいせつなんてものは親告罪なんだよ。告訴を取り消された時点でもう事件じゃないんだよ」

「なるほどね……佐田先生が欲しかったのは、無罪じゃなくて特許権だけだったんですね」

　深山は佐田の顔をまじまじと見て言った。

「おまえ何を言ってんだ、これはな、社長と菊池さん本人が望んだことなんだ。俺が望んだことじゃないんだよ」

「望んだこと？」

「いや、俺が望んだことじゃない」

「望んでない？」

「いや、俺は何も望んでない」

「望んでない？」

「望んでませんよ」

「へーえ、合わないな」

　深山は挑発的な表情を浮かべて、佐田に近づいていった。そして佐田の顔をまじまじと見ながら、ダメ押しのように「合わない」と言って、会議室を出ていった。

「……この野郎」

　佐田は全身を震わせながら、怒りに耐えていた。

「いいコンビになってきたね」

ずっと黙っていた斑目が口を開いた。

「そういう話じゃないと思いますよ」

佐田は顔を引きつらせながら言った。

＊

翌朝、菊池は釈放された。

「この度は本当にありがとうございました。このご恩は一生かけて返していくつもりです」

菊池は警察署に迎えに来てくれた鵜堂に頭を下げた。

「水臭いことを言うな。君は我が社にとっても私にとってもかけがえのない人間なんだ。君が苦しんでいるのをほっとくわけにはいかんだろう」

「……社長」

「無事に出て来られてよかった。君は研究を実現するという君の夢を果たしてくれ」

「ありがとうございます」

菊池は涙を浮かべ、頭を下げた。

「行こう」

鵜堂は菊池の背中を押し、自分の車に乗るよう促した。運転手が後部座席を開けて待っているので乗り込もうとしたそのとき……。菊池はすぐそばに深山がいることに気づいた。

「弁護していただきありがとうございました」

菊池は深山に近づいていき、礼を言った。

「本当にいいんですか？」

「研究の成功はみんなの夢なんです。失礼します」

菊池はそう言い去って行こうとする。

「一ついいですか。お酒は強い方ですか？」

深山は尋ねた。

「ええ、そう思います」

「なのに、記憶がなくなるくらい酔った？」

「……そうなんですよね」

菊池もそこは納得できない様子だ。

「疲れていたんだよ。朝から晩まで研究に没頭していたからね。もういいかい？ 行こう」

車に乗るよう鵜堂に促される菊池の背中を眺めながら、深山は右の耳たぶを触ってい
た。

菊池は数日ぶりに研究所に戻ってきた。

「お疲れさま」

受付の女性に挨拶をすると、女性は、お疲れさまです、と挨拶は返したものの、さっ
と目を伏せた。吹き抜けになっているエスカレーターを上がっていくと、階上から何人
かの女子社員が、菊池を見てこそこそと話しているのが目に入った。

「今だけだよ、気にするな」

鵜堂は菊池を励ました。

「お疲れさま」

研究室に戻って声をかけたが、誰も目を合わせようとしない。

「みんな、今日まで私がいなかった間の……」

席に着いてみんなに声をかけようとしたが、

「結果はそこに置いてあります」

社員の一人が菊池の目を見ずに言うだけだった。

針の筵（むしろ）状態で仕事を終えて、菊池は数日ぶりに自宅に帰ってきた。妻と娘と暮らす小さな一軒家の壁は『変態野郎』『スケベオヤジ』『本当キモい』など、落書きだらけだった。窓にも中傷ビラが何枚も貼ってある。菊池が立ち尽くしていると近所の女性が塾帰りらしい娘を連れて通りかかった。菊池は会釈をしたが、女性は娘の手を引いて急いで家の中へと入っていった。

「おかえりなさい。よかった……。本当によかった」

そこに妻の英子（ひでこ）が出てきて、近所の目を気にしながら菊池を出迎えた。

「恵里（えり）……お父さん帰ってきたよ」

英子はダイニングテーブルで予習をしていた娘の恵里に声をかけた。

「恵里、ただいま」

「サイテー、示談して帰ってくるなんて」

恵里は菊池の顔を見ようともしない。

「……本当はやってないんだ」

菊池は言った。

「ならなんでやったことにしたの？」

恵里は顔を上げた。その目は、完全に菊池を軽蔑していた。

「……それしかなかったんだ」

「お父さんは嘘をついても平気なの？　やってもいないことをやったって言って平気なの？」

恵里は立ち上がった。

「私はお父さんを信じてたから、学校でみんなになんて言われても、我慢できたんだよ。嘘をついたお父さんが帰ってきても、私たちは幸せになんてなれない！」

恵里は菊池に背を向け、二階に上がっていってしまった。部屋のドアをバタンと閉める音がする。

「恵里……、恵里！」

英子が声をかけたが、恵里の返事はなかった。

*

深山は『Ｂａｒ　ＫＡＢＯＮ』を訪れた。店のドアを開けると、音楽がガンガン鳴り響いている。深山は思わず右手で右耳の耳たぶに触れた。見上げると、天井に大きなスピーカーが設置されていた。カウンターを見ると、先日話を聞いた根元の姿がない。

「あの、店長は？」

カウンターの男に声をかけた。

「は？」

男が耳に手を当て、聞き返してくる。

「店長、どこ行きました？」

深山は大きな声で言い直した。

「ああ、マカオのカジノに行ったよ」

「カジノ？」

「一泊二日で行くって言ってた」

「すみません、この店っていつも、音ってこれくらい大きいんですか？」

「ああ、そうだよ」

カウンターの中の男が面倒くさそうに答えた。

あのとき根元は……。深山は思い出していた。根元は菊池と井原の会話が聞こえたと言い「『昔から君に興味があったんだ』って」と、菊池のセリフを真似までしていた。

「……あの、井原宏子さんってご存知ですか？」

深山は男に尋ねた。

「え？」

「この人なんですけど」

携帯に保存していた写真を見せた。

「ああ、店長の彼女だよ」

男が言う。

「そうでしたね」

深山は笑みを漏らした。


『いい栗あるよ鎌栗ご飯』『弁慶の焼き所（スネ肉）』『みたらーし団子浦の戦い仕立て鯛等の清盛り』『紫式部の気休め源氏パイ』『枕のソーセージ』『紀貫之の気まぐれ古今和菓子』『日替わり小野の小鉢』『なくよモズク酢平安京』などの個性的な名前のメニューが並ぶ『いとこんち』で、深山は料理を作っていた。

「あれじゃ、カウンターの会話は絶対に聞き取れない」

深山はカウンターに座っている彩乃と明石に言った。

「そしてバーの店長と被害者の井原さんはつき合っていた……」

「怪しいなー。店長の言ってること嘘ばっかりじゃん」

カウンターに座っていた彩乃と明石が言う。

「ヒロくーん！　会いに来たよ！」

そこにギターケースを抱えた加奈子が笑顔で入ってきた。だが、彩乃を見てすぐに笑顔を引っ込めた。

「ここ、私の席なんですけど」

加奈子はまっすぐに彩乃の背後から言った。

「そうなの？　他の席、空いてるけど」

彩乃は店内を見回した。客は彩乃と明石のほかにはテーブル席に一人いるだけだ。

「ここが料理するヒロくんを一番いい角度で見れて、彼女の私が座ることになってるの」

「彼女？」

彩乃はカウンターの中の深山に尋ねた。

「全然」

深山が即答する。

「否定されてるよ」

彩乃が言ったが、

「今はね！」

加奈子は全くひるまない。と、そこに藤野が入ってきた。

「うわー、アフロの、アフロによる、アフロのための店だ……」

そしてテーブル席にいたアフロヘアの黒人男性に気づき「アポロだ！」と声を上げた。

アポロは映画『ロッキー』でロッキーのライバル兼親友だったアフロヘアのボクサーだ。

『いとこんち』のアポロは、ボクサーグローブをはめようとしている。

「おお、ソーリー」

藤野はノーサンキューのポーズを取った。

「どうでした？」

深山は藤野に尋ねた。

「ああ、根元って消費者金融にかなり借金がありますね」

藤野はカウンターに座った。

「借金があるのにカジノね」

深山は呆れてため息をついた。

「ますます怪しいな」

明石が頷く。

「〇・一％が見えてきたね」

深山は彩乃を見た。

「ああ、大翔、ごめんね。ありがと」

そこに坂東が下りてきて、大翔が作った料理『深山の特製前菜プレート』を味見した。

まな板の上には赤ピーマンのマリネ、田舎風テリーヌとピクルステリーヌ、ゆで卵とスモークサーモン、アボカド、赤玉ねぎの甘酢漬けとディルが完成している。

「ほぉ、うんまい。俺の作るのより百倍うまいんだよな」

「ダメだろ、それじゃ」

明石がツッコんだ。

「血が繋がってるんだけどセンスが全然違うんだよなあ」

「血が……繋がってる？」

彩乃はカウンター内の二人の顔を見比べた。

「うん」

坂東と大翔がうなずいた。

「ええ――――っ！」

事情を知っていた明石以外の全員が声を上げた。

「え、あれ？　知らなかった？　ま、従兄弟だけどね」

坂東の言葉を聞き、彩乃は笑い出した。

「……にしても、違いすぎる」

藤野が言い、加奈子にいたっては驚きで声も出ない。

「ま、俺もそう思うよ。ホントに世の中、不公平だなと思う」

八の字眉毛に一重まぶたの坂東が、小顔で端正な顔立ちをした深山と並んでいる図がおかしくて、彩乃は笑いが止まらなくなっている。その上、坂東は深山より二回りぐらい顔が大きい。

「でもね、鼻なんか似て……」

言いかけた坂東を、

「似てない」

加奈子が即座に否定した。

「あーでもアフロにしたら……」

藤野が提案してみたが、

「させない！」

それも加奈子に却下された。

＊

翌朝、菊池が深山を訪ねてきた。深山は菊池を会議室に通した。彩乃も一緒だ。

「裁判をして、私の無実を証明してもらえませんか？」

菊池が切り出すのを聞いて、深山はニヤリと笑った。

「……申し訳ありませんが、それはもうできないんですよ」

だが、彩乃は真面目な顔で言った。

「どういうことでしょうか？」

「示談が成立して、被害者が告訴を取り消すと、もう事件としては扱われないので、裁判で改めてそのことを争うということは、二度とできないんです」

彩乃の説明を聞いた菊池は、立ち上がって身を乗り出してきた。

「私の無実は永遠に証明できないってことですか？」

「……残念ですが」

彩乃の言葉に、菊池は力が抜けたように椅子に座った。

「ひとつだけ方法があります」

ずっと耳を触りながら聞いていた深山が口を開いた。

「逆にこちらが訴えるんです」

あなたが訴えるのだ、と、手で菊池の方を指して言う。

「どういうことですか?」

菊池が救いを求めるように深山を見た。

「これは美人局(つつもたせ)だ。つまり、恋人関係にある根元さんと井原さんが手を組んであなたをカモにし、わいせつ犯にでっち上げた。この明確な証拠を摑めば、詐欺罪で訴えることができます」


夜、深山と彩乃、そして菊池は『Bar KABON』の前にやってきた。

「何か思い出せませんか?」

深山は尋ねたが、菊池は、うーん、と首をひねった。

「とりあえず現場まで歩いてみましょうか、ね?」

三人は歩きはじめた。

「アポロンレンズの開発で、あなたがもらった報酬額は五万円だったという記載があったんですけど、それって本当ですか?」

歩きながら、彩乃は十年前の特許権の話を切り出した。

「はい。権利は会社に帰属されてしまうんで」

「会社はそれで数百億の利益を上げたのに、それに不満はなかったんですか？」

「贅沢こそできませんが、生活に不自由はありませんし、それに、研究する場所はほかにありませんから……ただ……」

菊池は言った。

「ただ？」

「半年ほど前に、海外からヘッドハンティングの話がありまして……。でも、社長に助けられた今となっては、断るつもりです」

「あの、その情報はどこまでの人が知っていたんですか？」

深山が尋ねた。

「私と仲の良い研究者一人だけです」

と、菊池は立ち停まって車道を見つめた。車道には黄色いタクシーがすべりこんできたところだ。ハザードランプを点けて停車し、客を降ろしている。菊池は目を細めて、黄色く点滅するハザードランプを見つめた。

「……緑色のタクシー」

菊池はつぶやいた。

「え？」

深山は尋ねた。

「緑色のタクシーが停まってたんです！　ちょうどこのあたりです」

菊池が指さしているあたりはガードレールが途切れていて、タクシーが停車しやすい場所だ。歩道にはポストがある。

「それは間違いないですか？」

「はい」

菊池が頷くと、深山はそのタクシーが停まっていたというポストのそばに立ち、両耳を人さし指でふさいで音を遮断し、集中力を高めた。そして、両耳から指を抜き、彩乃の方を振り返った。

「よし、じゃあ緑色のタクシーを片っ端から停めよう」

「は？」

彩乃は首をかしげながら深山に近づいていった。

「ここに停まってたんだとしたら、菊池さんたちを目撃している可能性がある。もしかしたら、ドライブレコーダーにその映像が残ってるかもしれない」

「は？　東京に緑色のタクシーが何台あると思ってるの？」

「やってみなきゃわかんないでしょ。ほら、早く連絡して」

「はーあ？」

「早く！」

深山は彩乃に指示をして、自分はその場所で、緑色のタクシーが走ってくるたびに手を上げた。

「あの、すみません、六日の二時半ごろ、ここに停まってませんでした？」

「いやあ停まってないよ」

タクシーは去って行く。そんなことの繰り返しだ。

彩乃は向かい側の道でタクシーを停めていた。

「じゃあ、あそこで停まってたタクシー、見かけませんでした？」

向かい側のポストがあるあたりを指してみても、ほとんどの運転手は首をひねり見ていないと言う。

少し離れた場所で、奈津子も聞き込みをしていた。

「じゃあ、そんな話聞いたことはないですか？」

「知らないな」

運転手はムッとして行ってしまい、奈津子は心が折れそうになっていた。

その近くの交差点では、明石がタクシーを停めていた。運転手は覚えていないという。

「じゃあ……」

明石は切り出した。

「ふざけんな。停まってねえし！　知らねえよ！」

「すいません！」

明石は平謝りだ。

やはり交差点近くで藤野がタクシーを停めた。

「すいま……」

中を覗き込んだが、藤野はすぐに「あ、肩が痛いな。回しておかないと……」と、肩を回し、タクシーから少しずつ離れていった。

「おい！　ふざけんなよ！」

強面の運転手に怒鳴られ、藤野は謝りながら、一目散に逃げだした。

深山以外の四人は疲れ果て、ポストの近くの店のベンチに座っていた。彩乃はヒールを脱ぎ、足裏をこぶしで叩いている。そこに深山が歩いてきた。

「やっぱり無理じゃないですかね」

「見つかるわけないって」

藤野と奈津子は疲れ果てた顔で訴えた。

「まだまだ、夜はこれからですよ」

はい、と、深山はポケットから取り出した飴をひとりひとりに手渡した。

「おねむの時間ですよー」

「飴で人は動かないぞ、おまえ」

「怖いのやなんだよー」

藤野も明石も文句たらたらだし、彩乃と奈津子は疲れ果てて動かない。と、そこに、一台の緑色のタクシーが走ってきて、ポストの前で停まった。スキンヘッドで目つきの悪い運転手が出てきて、深山たちの方に向かって歩いてくる。

「おうおうおうおう……」

「ヤバいヤバいヤバい……」

明石と藤野は怯え、彩乃と奈津子は、自分たちは関わりないとばかりにそっぽを向いた。

「兄ちゃんたちか、この辺で聞き込みしまくってる奴らは」

「いやあ、違い……」

明石と藤野はブルブル首を振ったが、

「はい」

深山が笑顔で返事をした。

「無線でうるせえんだよ。客かと思ったら、緑色のタクシー見てないかって聞いてくる奴がいるってよー」

「あのホントすみません、あの悪気はないんです」

「許してください」

藤野は土下座をし、その横で明石は得意の土下寝をした。

「六日の夜だったか?」

スキンヘッドの運転手の口調が変わり、明石たちは「え?」と顔を上げた。

「そうです」

深山は頷いた。

「ちょうどそこで、緑色のタクシーが、バイクとの接触事故を起こして停まってたよ」

え？　え、え？　みんなは色めき立った。

「そのタクシーの会社なんだったかわかりますか？」

彩乃が立ち上がって尋ねた。

「ああ、明治自動車だったな」

運転手が言う。

「ありがとうございます！」

「神様だー」

明石と藤野は運転手に近づいていき、すがりついた。

「飴どうぞ」

「私のも」

彩乃と奈津子も笑顔で近づいていき、飴をさしだした。スキンヘッドの運転手は照れくさそうに笑った。

「ちょいちょい、ちょい！」

深山は四人に声をかけた。

＊

翌朝、刑事事件専門ルームのメンバーは、佐田が出勤してくるのを待っていた。

「漏れなし」

藤野は何度も書類のチェックをしていた。

「セッティングばっちりです」

パソコンをチェックしていた明石も頷く。

「大丈夫ですか？」

奈津子は笑顔で二人を見た。

「佐田先生、びっくりしますよ」

「早く来ないかな」

パラリーガルの三人が、最終確認をしながらどこかウキウキとしている中、彩乃は自席で一人考え込んでいた。深山はゆっくりと、マイカップでモーニングコーヒーを味わっていた。

「なんだ？　どうした」

そこに佐田が入ってきた。

「おはようございます！」

パラリーガルの三人はいっせいに立ち上がった。

「待ってました」

深山も佐田に笑いかけた。「菊池さんの事件、犯人わかりましたよ」

「その件はもう、終わったはずだろ」

佐田は部屋を出て行こうとする。

「あれ、言ってませんでしたっけ。昨日菊池さんが来て、やっぱり無実を証明してほしいって言ってきたんです」

それを聞くなり深山は佐田に近づいて言った。

「おまえなんでそれを俺に報告しないんだ？」

「忘れてました。まあそれは置いといて」

「大切なことだろ、おまえ」

深山は憮然としている佐田の背中を押すようにして「座ってください」と、会議用のテーブルに連れて来た。

「本人がか？」

佐田は奈津子に確認している。

「はい」

「昨日か?」

「はい」

「おまえ……なんでおまえも言わないんだ……」

ブツブツ言っている佐田に、深山は言った。

「いくつか嘘を見つけました。見てください、まずは動かぬ証拠です」

「こちら、ご覧ください」

藤野が言い、明石がモニターにドライブレコーダーの映像を再生した。モニターには事件当日、深夜二時半頃の映像が映し出された。映像は暗いが、赤いポストがあるのがはっきりとわかる。ポストの前にはバイクが停まっていて、バイクの運転手とタクシー運転手が警察官に事情を聴かれていた。

「事件当時、現場周辺に事故でタクシーが停まっていたんです。これはそのタクシーのドライブレコーダーの映像です」

深山が説明を始めた。

「ここ」

深山が言うと、明石は停止ボタンを押した。ポストの前の歩道を歩く井原と、菊池を背負って歩いている根元が映っている。

「被害者の井原さんは一人で菊池さんを運んだと言っていましたが、実際には二人で運んでいます。そしてこの男性はバーの店長の根元さんです」

明石が言うと、佐田はポカンと口を開けた。

「根元さんなんですねー」

藤野は満面に笑みを浮かべている。その両側に座る明石と奈津子もだ。

「で、二つ目」

深山は佐田の前に座った。

「根元さんはバーで菊池さんが口説いていたと言っていましたが、営業時間にバーに行ったところ、隣の人間の会話も聞こえないほど、大きな音で音楽が流れていました。これだと根元さんに菊池さんと井原さんの会話は絶対に聞きとれません。で、三つ目、根元さんは井原さんのことを初めて来た客だと言っていましたが、ふたりは恋人関係にありました」

深山は言った。

「そして根元さんは、消費者金融に多額の借金があるにもかかわらず、マカオに旅行し、カジノに興じていたらしいんです」

藤野は根元が消費者金融で借りている額や、カードキャッシングの借入額などの調査結果を見せた。

「井原さんは七年前に鵜堂の会社を退社して、別の研究所に移籍してます。しかし、その会社は去年の夏に倒産しました。現在無職です」

奈津子も自分が調査した結果を佐田に報告する。

「……つまり何が言いたい？」

佐田の顔はピクピクひきつっている。

「共通点は二人ともお金に困っていた。それで二人が共謀し、菊池さんからお金を騙し取ろうと、事件をでっち上げたんです」

深山が言った。

「動機はお金ですね」

「菊池さんは特許を持ってたから、何億ってもらってた。格好の餌食ってわけですね」

「わかりやすいですねえ」

奈津子と明石、藤野は頷きあっていたが、

「って思うじゃないですか」

それまで自分の席に座っていた彩乃が口を開いた。「違うんですよ」

「ななな、何が？」

明石が尋ねた。

「菊池さんは特許の報酬額、五万円しかもらってないんです」

彩乃は席を立ち、五本の指を広げながらみんなに近づいていった。

「え？」

明石たちは唖然としている。

「五万円？」

佐田は立ち上がって彩乃に迫っていった。

「はい」

「え、特許だろ？　五万？　五万円？　ドルとかじゃなくて？」

「はい」

「元でもなくて？」

「はい」

「たった五万しかもらってなかったのか？」

「はい」

彩乃はうなずいた。「しかも井原さんは同じ職場で働いていたんで、菊池さんがもらった報酬額、知っていたはずなんですよね」

「お金はおっかねーな」

佐田は思わず、深山が以前言った親父ギャグを口にした。

「さすがオカネさん」

深山が反応し、二人は笑った。

「菊池さんにお金がないことがわかっていて、どうして菊池さんをターゲットにする？あれだけ高額の示談が成立する保証はどこにもなかったはずだよな？」

佐田は顔を引きしめ、言った。

「たしかに」

明石たちも頷く。

「でもその保証が確実にあったとしたら？」

深山が思わせぶりな口調で言うと、みんなは考え込んだ。

「ん？　あ！」

奈津子が立ち上がって佐田に問いかけた。「井原さん、示談金が一〇〇〇万なのに驚きもしないで、すぐにサインしてましたよね？」

「そうなんですか？　普通だったら、い、一〇〇〇万？　ってなりますよ」

「普通だったらあああーって泡出ちゃいますよ」

藤野と明石が言う。

「ですよね」

奈津子もうなずいた。

「示談の話を持ち出したのって、誰でしたっけ？」

深山の言葉に、佐田を始め、そこにいた全員がハッとした。

「でも、これはあくまで推論でしかありません。このことを証明しなくちゃいけない」

「どうやって証明するんだよ？」

明石が尋ねた。

「それは…………」

深山は数秒間ためにためてから「ない！」と、首を振った。

「ないのか！」

明石と藤野はずっこけている。

「でもこういうのは、佐田先生が得意分野ですよね」

笑顔の深山に見つめられ、佐田はチッと舌打ちをした。

「戸川くん、バーの店長と被害者を同時に呼び出すんだ」

「同時に？」

奈津子は確認するように、佐田の言葉を繰り返した。

「で、隣り合わせの部屋で話を聞くんですよね？」

深山が言った。

「何をする気ですか？」

彩乃は佐田と深山を順番に見た。

「このことを証明するためには……」

佐田が言いかけ、

「本人の自白しかない」

続きを深山が言った。

「自白なんかしますかね？」

藤野は首をひねった。

「でも、それには、もう一つ必要なカードがあるんじゃないですか」

深山は言いながら、佐田に近づいていった。

「そういうことだな」

「あれ？　今日は珍しく話が合いますね、佐田先生」

深山は気安く佐田の腕を触った。

「その方法しかないからだ、偶然だ！」

佐田は即座に深山の手を払いのけた。そしてパラリーガルの三人に近づいていった。

「ただし、そのためには、おまえらみたいにいつもあわあわしてる顔つきの奴らだけじゃ駄目だってことだ」

佐田に言われ、明石と藤野はいつもよりもさらにあわあわした顔つきになった。


志賀が事務所の個室でパターを打つと、見事にショットが決まった。

「ナイスイン！」

落合が大げさに声を上げたところに、コンコン、とノックの音が聞こえた。この事務所はほとんどの壁がガラス板なので、誰がやってきたのかが中から見える。奈津子だ。

「落合」

「はい」

落合はゴルフボールをセットしている。

「おーちーあーい」

志賀はもう一度落合を呼んだ。

「はーあーい」

「誰が歩調を合わせろと言った？　察しろ！」

志賀が言うと、落合はようやくドア口に奈津子が立っていることに気づいた。落合が慌てて奈津子を部屋に通し、自分はそのまま出て行って志賀と奈津子を二人きりにした。

「どうぞ」

大柄で強面。弁護士というよりは格闘家のような志賀だが、奈津子にはめっぽう弱い。

「どういったご用でしょうか」

志賀は思いきり決め顔をしながら、奈津子に問いかけた。

*

夕方、彩乃は根元を会議室に案内していた。

「お忙しいところご足労いただき申し訳ありません。謝礼はお話ししていただいた後にお渡ししますので」

歩きながら、彩乃は根元の耳元でこっそりささやいた。そこで、井原を案内してきた藤野と顔を合わせた。

「はい、もう、すぐに終わるんで」

藤野は井原に説明しながら歩いてくる。

「あ、井原さん、すみません、お忙しいところを」

彩乃はわざとらしく井原に挨拶をした。根元と井原は無言で視線を絡ませたが、彩乃と藤野に連れられて会議室へと向かった。

「お見えになりました」

藤野は佐田と深山の待つ会議室２に、井原を案内した。その会議室を通り過ぎ、

「いらっしゃいました」

彩乃は奥の会議室１に根元を案内した。腰を下ろした根元は、正面にスタンバイしている斑目と志賀を見て、体をビクンと震わせた。斑目は人の内面を見透かすような陰湿な目で、志賀は今にも食らいつきそうな目で、それぞれ根元を凝視している。部屋の隅では明石がカメラをスタンバイしていた。

会議室２の佐田は、井原の前に丁重に書類を差し出した。

「すみません、わざわざ。こちらにちょっと不備がありまして。再度、確認してもう一度署名捺印をしていただけますか？」

「はい、かしこまりました」

井原が署名する様子を、藤野が撮影している。

「それにしても、菊池さんは重かったでしょう。どこかこう……お怪我とかされませんでしたか？」

佐田は実ににこやかに、感じよく尋ねた。

「まあ、一人で運ぶのはちょっと大変でしたけど……」

「すみません、これをちょっと見ていただけますか？」

佐田が言うと、隣にいた深山がパソコンを操作して井原の方に向けた。

「当日の現場のタクシーのドライブレコーダーの映像です。今、一人で運ぶのは大変だ、とおっしゃいましたよね」

佐田は確認するように尋ねた。パソコン画面には、根元が菊池を背負って通り過ぎる映像が映っている。

「……あ、忘れてましたけど。途中まで一緒に運んでいただいたんですよ」

「途中まで？　どこまで？」

優しい口調ながらも、佐田はじわじわと攻めていった。

「いえ、はっきりとは……」

「井原さん、本当のことを話してもらえませんか」

「本当です！」

井原はムキになって言った。

会議室１では、斑目が根元に質問していた。志賀は腕組みをして、根元を睨み付けている。

「被害に遭われた女性と、それまでにお会いしたことは？」

「いいえ、初めて来たお客さんでした」

「二人が店から帰った後、どこに行ったかご存知ないですか？」

「はい。そのまま店で片付けをしてましたから」

「こちらをご覧ください」

斑目は言い、志賀がパソコンを操作して根元に映像を見せた。井原に見せたのと同じ映像だ。

「そのまま店で片づけをしていた、と仰いましたよね？」

斑目はにこやかに根元を見た。だがもちろん、目は笑っていない。志賀も口の端だけをニッと上げて不気味な顔で笑った。

「なんだよ……」

根元は明らかに落ち着きを失っていた。

「あなたと井原さんは交際関係にあったんですよね？」

彩乃が質問した。根元は答えずにいたが、斑目と志賀が顔から笑みを消して威圧する。

「……なんなんだよ、頼まれたから運んだだけだよ」

根元は迫力に押されついに口を割った。


佐田は柔らかい口調でじわじわと井原を問い詰めた。

「このまま黙っていても、あなたのためにはなりませんよ」

「何にもお話しすることはありません」

と、そこに、彩乃が入ってきて佐田と深山に耳打ちした。

「そうか。話した？」

佐田は彩乃に小声で尋ねた。その反応を見て、井原は明らかに動揺している。

「そういうことか」

佐田は思わせぶりなセリフを言いながら、井原に視線を戻した。深山も口元に笑みを浮かべて井原を見ていた。

「それだけですか？　何かあなたにもメリットがあったんじゃないですか？」

斑目はさらに睨みをきかせ、根元に畳みかけた。隣では相変わらず志賀が腕組みをして睨みつけている。と、そこに奈津子が入ってきた。奈津子は根元のことをチラチラと見ながら、斑目に耳打ちした。

「そうか、うーん、これは大変なことだな。なるほどね……」

斑目が頷きながら根元を見た。すると……。

「あ……あいつに借金を返せるいい方法があるって持ちかけられたんだよ」

根元は急にへらへらしながら、隣の部屋を指して言った。

「なるほど。ところで菊池さんは、本当に自分から酔っぱらったんですか？」

斑目と志賀は、ものすごい威圧感で根元を見つめた。

「……水に、睡眠薬を入れた。あいつに渡されて」

根元はついに白状した。

「それはいけないな。両足つっこんじゃったね」

斑目と志賀がまた先ほどのように口元だけで笑みを作る。

「お、俺は言われた通りやっただけだよ。全部、あいつが計画を立てたんだ！」

根元は声を上げた。

会議室2でも佐田の執拗な質問が続いていた。

「あなたは恋人である根元と共謀して菊池さんを眠らせて、強制わいせつ犯に仕立て上げたんじゃないですか？」

「そんなことしてません」

と、そこにまた彩乃が、失礼します、と入ってきて佐田に耳打ちをした。

「睡眠薬？　睡眠薬って？」

佐田は彩乃に尋ねた。

「はい」

彩乃が頷く。井原はその様子を警戒するような顔つきで見ていた。

「あなたの彼氏はずいぶん口が軽いようですよ。もう話してみませんか？」

佐田が促すと、井原は目を泳がせた。

「黙ってるなら黙っていていいです。深山」

「はい」

佐田に声をかけられた深山は、隣の椅子に置いてあった資料をごそごそと探り、分厚い辞典を出した。刑事法辞典だ。

「ここに警察を呼んで証拠を提出して、あなたを詐欺罪で訴えるだけのことですから」

佐田が井原に言った。

「こういったケースで悪質な場合、執行猶予なしの懲役刑になった例がありますね。しかも慰謝料として、数千万の支払いを命じられることもある」

深山は辞典の該当ページをめくり、くるりと向きを変えて井原の前に置いた。

「ですが井原さん、もしあなたが今自白をして謝罪の意を示したら、実刑は免れる可能性が高くなります。慰謝料も、あなたには請求しないようにします。本当のことを全て話しませんか？　あなたは誰かに指示をされたんじゃないですか？」

佐田の言葉に、井原は顔を上げた。目が合うと、佐田は微笑みを浮かべて頷いた。

「……本当に罪が軽くなるように、交渉してくれるのね」

井原は震える声で言った。

「約束します」

佐田が笑顔でうなずき、深山も微笑んだ。

＊

夜になり、鵜堂と菊池が大会議室に現れた。

「わざわざお越しいただいて恐れ入ります。申し訳ありません、どうぞ」

佐田は椅子を勧めた。

「新しい特許の契約はまだ先ですよ」

そう言って、鵜堂はハハハ、と、高らかに笑った。

「そうですね」

佐田もにこやかに応対する。

「それで、今日はどんなお話で?」

「まずはこちらをご覧ください」

深山がモニターに例の映像を映し出した。

「どうぞお近くで」

「ああ」

鵜堂は佐田に言われ、立ち上がってモニターのそばに立った。

「これは事件当日のドライブレコーダーの映像です」

「こ、これは……」

鵜堂は、根元が菊池を背負っていく映像を見て絶句している。

「ご覧の通り実は井原さんは、恋人のこの男性と二人で共謀して、菊池さんをわいせつ犯にでっち上げてたんですよ。二人を訴えられますが、訴えますか？」

佐田は鵜堂に尋ねた。

「……しかし、もう示談してしまった。この事件は終わったことでしょう？」

「終わったのは、菊池さんの強制わいせつに関してだけです」

深山が言った。

「どういうことですか？」

鵜堂はわけがわからない、といった様子だ。

「この二人はありもしない事件をでっち上げてるんです。詐欺罪に問えるんです」

佐田が言った。

「……ああ、そうですか。しかし、そうすると菊池くんは、法廷に呼ばれて大変なんじゃないんですか？　なあ？」

鵜堂は黙って座っている菊池を見た。

「裁判には出ます」

菊池はきっぱりと言った。

「そんなことしたら、無駄に時間を取られるぞ。研究はどうする？　長年研究に付き合わせた同僚を見捨てるのか？」

鵜堂は席に戻り、菊池の顔を覗き込んだ。

「その件については……」

菊池が口を開きかけたが、

「ああ、それは私どもの方から」

佐田が遮り、立花、と、彩乃に声をかけた。

「はい。菊池さんの新しいレンズの特許の件ですが、今後全て佐田が担当することになりました」

彩乃は、佐田と菊池が結んだ契約書をテーブル越しに鵜堂に見せた。

「馬鹿な」

鵜堂は声をふるわせ、契約書をテーブルに叩きつけた。「勝手にそんなことができるはずがない！」

「あなたの研究所にいるかぎりはもちろんそうです。しかし、彼が会社を辞めて、他の会社で研究を完成させることはできます」

「まさか、ジャンオクティプス社に行くつもりじゃないだろうな？」

鵜堂は顔色を変え、菊池に尋ねた。

「あれ？　あれあれ？　菊池さんがヘッドハンティングされてるって、なぜ知ってるんですか？」

　深山が言った。

「……それは」

　鵜堂はハッとしてしどろもどろになる。

「それは？」

　深山はさらに畳みかけたが、鵜堂は答えることができず、菊池の方に向き直った。

「菊池くん、君が私にとって、どれほどかけがえのない存在か、わかってるだろう？　だから、私は君を息子のように思い、一緒に頑張ってきた」

「本当にそう思っていましたか？」

　佐田が問い詰めるように言った。

「では、なぜ、彼が苦労して開発したものに対して、それに見合う報酬を渡さなかったんですか？」

「特許が会社に帰属するのは、当然だ」

　鵜堂に言われたので、佐田は隣に座って口を開いた。

「特許法三十五条で、発明者本人に対しては、相当の対価を支払うことが定められている。数百億ですよ、数百億！　数百億の対価が五万円？　馬鹿なことを言うな！　お小遣いじゃないんだぞ！　実力がある者は、きちんとした評価を受けなければならない！」

佐田は事務所中に響き渡るような大声を出した。「西日本ガラスに聞きましたよ。新しいレンズの研究はまだまだ全然進んでいないと。あなたが示談を持ち込んできたのは、菊池さんのためじゃない。あなた自分のためだ！」

「……何を根拠に」

鵜道は唇を噛みしめた。

「あなたはヘッドハンティングの噂を聞いた。菊池さんを失いたくない。でも今以上のお金も支払いたくない。そこであなたは菊池さんを窮地に追い込んで、それを助けることで恩を売って、絶対に会社を辞めることができないようにした」

深山が言った。

「いいかげんなことを言うな！」

鵜堂は青筋を立てて深山を怒鳴りつけた。

「全部話してくれましたよ、ある人たちがね」

深山は笑顔で会議室のドアを開け、声をかけた。

「お入りくださ〜い」

すると、井原と根元が入ってきた。鵜堂は思わず立ち上がった。

「もう一度質問します。この事件を仕組んだのは誰ですか？」

問われた井原と根元は一瞬顔を見合わせ、声を揃えて言った。

「……鵜堂社長です」

「菊池さん、ではどうぞ」

深山は菊池に声をかけた。菊池は複雑な表情を浮かべて立ち上がり、鵜堂と視線を合わせた。その目には悲しみと怒りの涙がこみ上げ……。

「僕は、あなたを告訴します」

菊池は辛そうに、だがきっぱりと宣言した。

「……う、うう」

菊池の言葉を聞いた鵜堂は唸り声を上げながら、力なく椅子に座り込んだ。

『社長の鵜堂勝太郎容疑者が元社員とその友人と共謀し、犯行に及んだことがわかりました。強制わいせつの罪で逮捕された研究員の菊池章雄さんの無実が証明されました』

菊池の無罪判決は、各局のニュースで大きく扱われた。

＊

菊池家の食卓では、英子が腕を振るった手巻き寿司や唐揚げ、煮物など、章雄と恵里の好物が並べられている。家の塀は綺麗に塗り替えられ、菊池は会社や近所の人たちの冷たい視線を浴びることもなくなった。

「よかったわね、お父さん。ね、恵里」

英子が言うと、

「乾杯！」

「ねえねえねえ、そのお祝いにお小遣いちょうだい」

「ん？」

「来週、みんなでディズニーランド行くことになったの！」

「駄目よ、この間あげたじゃない」

英子は言った。菊池家はこれまでずっと、つましい生活をしてきたのだ。

「えー、お願い！」

「駄目、駄目、もうお小遣いお小遣いっていつもそうやって……」

「お土産買うから～」

そんな母娘のやり取りを見ながら、菊池は久々のおいしいビールを味わっていた。


佐田と深山、彩乃は、斑目への報告を終えた。

「失礼します」

彩乃と深山は先に部屋を出て、刑事事件専門ルームに向かった。

「佐田先生、菊池さんの研究チームが移籍する会社と顧問契約を結んだらしいわよ。そこまで考えてたのかしら」

彩乃は前を歩く深山に問いかけた。

「さあ、どうだろうね」

深山はニヤニヤしながら首をかしげた。


「君は事件がどっちに転んでも、得するように計算してたんだろう」

斑目は、部屋に残った佐田に尋ねた。

「さあ、どうでしょうか」

佐田はすっとぼけた。

「佐田ファーム、だいぶいいファームになってきたじゃないか」

「ま、ですが、約一頭、馬主の意向とまったく正反対の馬はいますけどね」

「サラブレッドではないが、いい馬だと思うよ」

「いい馬はサダノウィンだけで十分です。失礼します」

　佐田が出て行くと、斑目は笑みを浮かべながらラグビーボールを手に取った。そこには、『常昭ラグビーは常勝だ！　深山大介（みやまだいすけ）』の文字があり……。斑目は複雑な表情になった。


　廊下を歩いていた彩乃はふと思いだした。

「給料ってもう出ましたよね？　お金」

　深山に向かって手を出した。いったいこれまでいくら立て替えているかわからない。

「ね、近々プロレスってないの？」

　深山は話題を変えた。

「プロレス？」

「うん」

「ありますよ。興味あるんですか？」

「あるよ」

「早く言ってよ、なんだよ！」

彩乃は顔をほころばせ、深山の二の腕を叩いた。

「……折れたな」

深山は叩かれた場所を押さえ、顔をしかめた。

第5話 黒幕は佐田!? 繋がった二つの事件

霞が関の法務省の掲示板前には、人だかりができていた。深山はその合間を縫うように、掲示板を目指して歩いていた。この日は合格発表だ。『平成二十八年司法試験（新司法試験）の合格点　総合得点666点以上が合格』と書かれ、合格者の番号が貼り出されている。

「やった〜」

喜びの声を上げている人もいれば、呆然と立ち尽くしている人もいる。発表を見ている人たちの表情は悲喜こもごもだ。深山は手に持った紙と掲示板を交互に見比べた。そして、離れた場所で待っていた明石のもとに戻っていった。

「怖いよ、怖いよ……怖いよぉ」

明石は掲示板に背を向け、つぶやいている。深山は明石の背中を、ポンポンと叩いた。明石は指で両耳をふさいで振り返った。目もぎゅっと閉じている。

「まだ言うな。まだ言うなよ、心の準備ってものがあるからな」

そんな明石の正面に回り、また肩のあたりを叩いた。

「なんだよ」

目を開けた明石に、深山は唇の動きだけで「ゴ、ウ、カ、ク、ス、ゴ、イ、ネ」と伝えた。

「合格、すごいね？　ホントか、深山！」

明石は表情を一変させ、耳から指をはずした。

「骨格、すごいね」

深山は言った。

「……あ？　骨格すごいね？」

「うん」

「前からだろ？　な、そんなことより俺の今回の司法試験は……」

「不合格」

「不合格……？」

「不合格」

「不……？」

明石はその場に倒れた。いつもの土下座ならぬ土下寝の格好だ。

「去年も見たな、この風景」

深山はそう言うとしゃがみ込み「飴食べる?」と、さしだした。

「いるかーっ!」

明石は起き上がり、地団駄を踏んだ。深山はそのリズムに合わせて手を叩いた。ズンズンチャ、ズンズンチャ。恒例の『ウィ・ウィル・ロック・ユー』だ。

「♪司法試験に二十回落ちて~って、ふざけんなよ」

歌いかけた明石は、真顔に戻って深山を睨みつけた。

＊

その頃、佐田は由紀子と一緒に空港にいた。娘のかすみが留学先から一時帰国するのだ。やがて到着口からかすみが出てきた。あーっ、かすみ!と佐田たちが手を振る。

「ただいま~!」

かすみは佐田たちに気づくと笑顔で走ってきた。

「はい」

そして両手を広げて受け止めようとしていた佐田にスーツケースを渡し、隣にいた由紀子に抱きついた。

「ママ、ただいまー」

「おかえりー」

抱き合っている二人の後ろで、佐田は小声でおかえり、とつぶやいた。

「ただいま、パパ、元気だったよ」

かすみはあっさりと言うと、由紀子と並んで歩き出した。佐田はハハハ、と寂しく笑いながら、スーツケースを引いてついて行く。

「ねえ、ママ。弁護士の妻って大変？」

かすみは由紀子に尋ねた。

「なんでそんなこと聞くの？」

「実はね、ボーイフレンドがアメリカのロースクールに通って、弁護士になるんだって」

「ボーイフレンド？」

佐田はぴくりと反応した。

「この歳になれば、彼氏の一人や二人できるでしょ」

由紀子は言うが、かすみはまだ高校一年生だ。

「そんなことをさせる為にな、わざわざ留学させてるわけじゃ……」

「あーおじさんはこれだからなー」

かすみは耳をふさいだ。

「ねー、もう子どもじゃないもんね」

「ねー」

由紀子とかすみは歩いて行ってしまった。

「ちょっと、かすみ……」

あまりのショックに、佐田はしばらくその場から動けなかった。


彩乃は『オカダ・カズチカとカレーを食べる会』の会場に座っていた。彩乃と同じように『RAIN MAKER』のタオルを首に巻き、うちわを手にしたプ女子たちが、いまか、いまかと、イベントの開始を待っている。

すると、バンダナを目のあたりにまで巻いた外道(げどう)が登場した。外道はオカダ・カズチカの参謀役だ。

「外道さーん!」

歓声が上がる中、彩乃も外道に声をかけた。

「待たせたな、おい」

外道がマイクを取って話し始める。

「待ったよー！」

彩乃は呼びかけに応えるように叫んだ。

「カレーの仕込みによ、時間がかかってんだ、おい。なんでかわかるか、おい？」

「なんで――――？」

プ女子たちはいっせいに声を上げた。

「ルゥ――――エベルが違うんだ、この野郎」

生で外道の『ルゥエベル』、を聞いた彩乃たちはうちわをバンバン叩いて盛り上がった。

「それじゃあよ、紹介しよう。本日の料理長、ルゥ……エインメーカー、オカダ・カズチカだ」

会場内にオカダ・カズチカの入場テーマ曲が流れると、曲に合わせて拍手が起こった。

そしてカーテンがはずされると、エプロン姿のオカダ・カズチカが、ライトが点滅する中、両手を広げるポーズで立っていた。会場内にはいつものように札束の雨が舞う。

「キャ――――！」

プ女子たちの悲鳴が上がった。

「カッコいいっ！」

彩乃も大興奮だ。

「三つ、言わせてください」

外道からマイクを受け取ったオカダ・カズチカが話し始める。

「一つ、新日本プロレス四十四周年、これからもよろしくお願いします。二つ、今日は会場にカレーの雨が降るぞ！　三つ……とくにありません」

オカダ・カズチカの名言『とくにありません』。これも生で聞くことができて彩乃の顔は緩みっぱなしだ。

そして、カレーを配るイベントが開始した。彩乃もお皿を手にして並び、まずは外道にご飯をよそってもらう。

「お願いします」

彩乃は外道にお皿を渡した。

「髭、いつまで伸ばすんですか？」

彩乃は尋ねてみた。外道は鼻の下、もみあげから顎の下、と、伸ばした髭がつながっている。

「永遠に」

意外に優しい口調で外道が答えてくれた。

「オカダカレー、お願いします」

いよいよ、オカダ・カズチカにカレーをよそってもらう番が回ってきた。

「カレー、好きなんですか？」

彩乃は尋ねた。

「普通です」

またしても名言が返ってきて、彩乃は嬉しくてたまらない。

「大阪城ホール頑張ってください」

今度の大阪城ホールでの試合に勝てるよう、応援メッセージを口にした。

「ありがとうございます」

お礼を言われ、胸キュンだ。彩乃は日頃のストレスをすべて忘れて、至福のときを過ごしていた。

東京地検の刑事部部長室では、丸川が刑事部長の篠塚（しのづか）に、先日起こった「わいせつ物頒布罪」事件の釈放決済を求めに来ていた。

「身柄の釈放決済をお願いします」

篠塚に書類を提出し、頭を下げた。

「不起訴にするのか？　動機は十分だろう」

篠塚が丸川を見上げて尋ねた。大友ほどの威圧感はないが、一見穏かそうに見える篠塚もかなりの曲者だ。

「被害者の供述の信用性が乏しいです」

「……無罪が立て続いて、少し弱気なんじゃないのか？」

篠塚が尋ねてきた。

「そんなことはありません」

痛いところをつかれつつも、丸川はきっぱりと否定した。篠塚は仕方がないといった様子で決裁の判を押し、顔を上げた。

「丸川。今夜ちょっと付き合え。大友検事正がおまえと話したいそうだ」

「はい」

丸川は緊張気味にうなずいた。

その夜、丸川は同僚の稲葉と共に、都内の高級すき焼き店の座敷に入っていった。篠塚と並んですき焼きを堪能していた大友が、まあ座れ、と空いている向かい側の席を示した。

「失礼します」

丸川と稲葉は並んで腰を下ろした。丸川は大友の正面だ。

「すみません、いただきます」

篠塚が注いでくれた日本酒の盃を口につけるが、何を言われるのかと思うと緊張でろくに味がしない。

「……あっつ」

肉をかき込んでいた大友が顔をしかめた。

「大丈夫ですか？」

慌てておしぼりを差し出したが、

「大丈夫、大丈夫」

大友はまたがつがつと食べ始めるが、丸川と稲葉はまだ割り箸を割ってもいない。

「君の扱う案件で、不起訴の決裁が増えてるな」

斜め前の席から、篠塚が言った。先ほど丸川に直接言えばいいものを、大友の前で口にされ、丸川は重い口を開いた。

「私が不起訴にしているのは、公判になっても勝てないような案件です。それに私は
……」

「それに？」

大友は箸を止めて丸川を見据えた。部屋中に緊張感が走った。

「そういうときは、割れ。自白だ。自白こそ更生のはじまりだ」

大友は丸川を下から睨み付けるようにして言った。

「警察だってな、必死になって被害者から話を聞いて、地道な捜査を経て、私たちに犯人を渡してるんだぞ？　それを簡単に不起訴にするな。被害者の話を徹底的に聞け。その話に嘘がないと確信できれば、必ず被疑者は割れる。信念を持て」

篠塚が言ったところで、大友の携帯が鳴った。

「はい、もしもし。いやあ、どうもどうも」

携帯を切った大友が立ち上がると、全員が起立した。

「お帰りですか？」

稲葉が声をかけた。

「ああ」

大友はうなずき、丸川を見た。

「丸川」

「はい」

「九十八年の杉並の殺人、再審請求出されてるだろ?」

「はい。ヤマノ不動産の娘さんが、恋人に殺害された事件ですね?」

「そうだ。あそこの弁護団がしつこくてな。十条検事長が困っている。新証拠もないし棄却だとは思うが、念のため資料に目を通しておけ」

「かしこまりました」

丸川は言い、出て行く大友に、お疲れさまでした、と深く頭を下げた。

*

同じ頃、都内のある公園で二人の男が揉み合っていた。

「何をするんだ!」

何発か殴られ、地面に倒れ込んだのはスーツ姿の中年男だ。

「おまえが殺したんだろう!」

声を荒らげたのは赤いジャンパー姿の若い男だ。起き上がった中年男に突き飛ばされたが、立ち上がり、逃げていく中年男をさらに追いかけた。

「おお、間に合った、なんとかなる」

仕事を終えた配送会社の社員は、会社の屋上駐車場でトラックを降りて安堵の声を漏らした。

「待てよ――っ！　おいっ！」

「なんだ、この野郎！」

道路の方から何やら物騒な声が聞こえてくる。なんだろうと駐車場から見下ろすと、若い男と白髪混じりの中年男が激しく争っていた。

「やめろ、放せ！」

逃げようとする中年男を若い男が捕まえ、執拗に殴りつけている。

「放せ！」

どうにか逃れ、中年男は配送会社の敷地内に逃げ込んできた。追おうとした若い男は、会社の入り口に張ってあったチェーンに足を引っかけ、転倒した。側頭部を地面に打ち、しばらく動かなかったが、すぐにまた立ち上がり、逃げる男に追いついた。

「おまえが殺したんだろ、おまえが！」

再び揉み合う男たちを見下ろしながら、配送会社の社員は警察に電話をかけた。

「あーもしもし？　今ね、男が二人、喧嘩してるよ。場所？　会社会社、会社だって。うちの会社だよ」

そうしている間に中年男は若い男の隙をつき、逃げて行った。

＊

翌朝、坂東は『いとこんち』でおにぎりを握っていた。丸く握ったご飯の上半分にアフロヘア風に海苔を巻き、四角く切った海苔を髭に見えるように貼りつけた、坂東風おにぎりだ。完成したおにぎりをラップでくるんでプラスチックの容器につめた。

「入んない？　ご飯つぶれないようにしないとね……オーケー、入った」

つぶさないように気をつけながらおにぎりを四つつめたところに、紺のスーツにリュックを背負った深山が階段を降りてきた。

「あれっ？　どうしたの？　こんな朝早くに」

「あのさぁ、これ持ってってって。ほら、親父さん今日、命日でしょ。金沢、墓参りに行くかなぁと思って。これ、親父さんの分も作ったから、お墓に供えて」

坂東はビニール袋にプラスチック容器と缶入りのお茶を二つ入れ、深山に渡そうとした。

「行かないよ」

深山はあっさりと答えた。

「行かないの？」

「でも、おにぎりはもらっとこかな」

深山はビニールを受けとり、店を出て行こうとする。

「持ってくんか、それは」

「じゃね」

「あ、傘持ってった方がいいよ、雨降るから」

「降らないでしょ」

深山は坂東の忠告を真に受けていないのか、背中を向けたままドアを開けて出て行った。

「降るよぉ、俺のアフロが湿気を感じてるんだって、もう」

坂東はアフロヘアを触りながらつぶやいた。

＊

斑目は傘を差し、ラグビー場で孫のチームの練習試合を見学していた。ふとスタンドを見ると、深山がいた。斑目は小指で眉尻を掻きながら、立ち上がった。

深山は少年ラグビーを見ながら、坂東の顔を模したおにぎりを取り出し、食べ始めた。

「塩が足りないよな」

ふっと笑いながらグラウンドに視線を戻すと、選手がラグビーボールをキックした。弧を描くボールを見つめていると、自分が二十五年前、八歳のときにキックしたボールと重なってくる。いいボールを蹴ったつもりで、深山が得意げに父のもとに戻ってくると……。

「大翔、そんなラグビーじゃアクビーが出るな」

父は大真面目な顔で親父ギャグを言った。父と大翔は、同時にプッと噴き出した。

「いただきマングース」

昼になると、二人は芝生の上に敷いたシートの上で、母が持たせてくれたおにぎりを食べ始めた。

「うまいね、ホント」

「普通でおいしい」

父と大翔は笑顔でうなずきあった。練習後に公園の芝生の上で父と食べるおにぎりは、どんなごちそうよりもおいしかった。

墓参りには行かなかったけれど、深山は自分の横の席に、お茶とおにぎりを供えた。

「深山くん」

そこに突然斑目が現れた。

「あれ？　斑目さん。どうしたんですか、こんな所に」

「ラグビー好きなんだよ、昔から。うちの孫がさ、練習してるんだ。ほらほら、今、蹴ろうとしてるでしょ、ほれ」

「そうなんですか」

斑目の孫は五郎丸（ごろうまる）のポーズをしてから、ボールを蹴った。見事に決まると、斑目は仕事のときには決して見せないような顔で笑った。

「……休みなのにスーツなの？」

斑目は胸に『ＴＩＧＥＲＳ』と書かれたＴシャツにカーディガンを羽織り、ラフなスタイルだ。

「同じの三着持ってるんですよ」

考えるのが面倒なので、常に紺のスーツを着用することに決めている。スティーブ・ジョブズと同じ考え方だ。

「佐田くんが明後日から休暇だ。一週間家族とモナコに行くらしい。いない間、しっかり頼むよ」

「いてもいなくても僕は変わりませんけど」

「あれ、誰かいるの？」

斑目は、深山の隣に置かれたお茶とおにぎりに視線を落とした。

「いいえ、あ……よかったらどうぞ」

「いいの？　じゃあいただくよ」

斑目はアフロおにぎりを一つ手に取った。

「塩が足りないですけど」

「ん、大丈夫」

「じゃあ僕はこれで」

深山は容器を置いたまま立ち去った。と、ポケットの中で斑目の携帯が震えた。

「はいもしもし？　はい、わかりました」

斑目は電話を切り、スタンド席から歩道を見下ろした。ビニール傘を差した深山の背中が見える。

「深山くん！」

呼びかけると、深山は振り返った。

「弁護依頼だ」

「はい」

深山は微笑んだ。

*

翌朝、刑事事件専門ルームのメンバーたちを前に、彩乃が事件の概要を説明しはじめた。

「依頼人は谷繁直樹さん、三十歳。昨晩江東区の駐車場で口論の末、暴行。防犯カメラの映像に、谷繁さんが被害者を殴る姿が映っていました」

ホワイトボードには谷繁の写真が貼ってあり、会社員というプロフィールが書かれていた。被害者は三枝尚彦、六十二歳。理白冷蔵㈱社長、とある。

「まずは接見に行きますか。よしっ、じゃあ行ってきまーす」

深山がリュックを手に立ち上がったので、彩乃も慌てて鞄を手に取った。残された佐田はホワイトボードを見て、じっと何かを考えていた。部屋の中にはもうひとり動かない人物がいる。司法試験に不合格だった明石だ。

「明石くん？」

藤野が声をかけたが、自分の席の椅子に座ったまま放心状態だ。

「あらら」

彩乃は明石にはかまっていられないので、さっさと深山を追った。

「明石くん？　明石のりおくん？」

藤野がもう一度声をかけた。

「……達也」

小声で名前は訂正したものの、明石は動かなかった。


深山と彩乃が接見室で待っていると、谷繁が出てきた。三十歳という年齢にしては、顔立ちは幼く見える。だが顔色が悪く、目がうつろだ。

「どうも、はじめまして。今回弁護を担当させていただく深山です」

「立花です」

「どうぞ、お座りください。では……」

深山がノートを開くと、椅子に座ろうとした谷繁が、仕切り板の前の台にがっくりと両手をついた。

「谷繁さん、体調、大丈夫ですか？」

彩乃が声をかけたが、谷繁は答えることができない。

「谷繁さん、大丈夫ですか?」

もう一度尋ねると……。

「あいつが殺したんだ……」

それだけ言って、谷繁は床に倒れてしまった。

「谷繁さん、しっかりしてください! すみません! 誰か来てください!」

彩乃は声を上げた。

「どうしました? 大丈夫か?」

看守が駆け寄ったが、谷繁はまったく動かなかった。

事務所に戻った彩乃は、佐田の個室に行き、谷繁の件を報告した。

「意識不明の重体?」

佐田は顔をしかめた。

「はい」

「何があったんだよ?」

「頭蓋内出血です。なんらかの原因で頭部に損傷を負った可能性があります」

「意識が回復するまで動けないな」

「そう……ですね」

彩乃は曖昧な表情でうなずいた。

「深山は？」

佐田がハッとして彩乃に尋ねた。

「トランキーロ」

彩乃はにっこりと笑いながら言った。

「ん？」

「トランキーロ」

スペイン語で「焦るな」。新日本プロレスの内藤哲也がメキシコから帰国してよく口にしていた言葉だが、佐田はわけがわからない様子だった。

＊

深山は一人で目撃者の勤める配送会社に行き、目撃者の男に屋上駐車場で話を聞いていた。

「そのときの状況を教えてもらってもいいですか」

「会社戻ってきて車を降りたら、下で声が聞こえて」

男は、あのあたりに見えたのだと、会社の敷地外を指さしながら説明してくれた。深山はノートに書き込んだ。

「……で、追いかけてる方が、転んで、頭を打ったんだよね」

「ほかに何か覚えてることはありますか？」

「あー、殴ってた方が『おまえが殺したんだ！』って叫んでたな」

「おまえが殺したんだ？」

「うん」

話を聞き終えた深山は、屋上から下り、谷繁が足を引っかけて転んだというチェーンを確認した。

「これにつまずいたのか……つまずいて、このまま……」

自分もチェーンにつまずいて転んでみた。地面にうつ伏せに倒れた瞬間に、リュックがバサッと後頭部にかぶさってくる。

「痛い……なるほど」

立ち上がって見上げると、防犯カメラがあった。

「防犯カメラか……」

＊

「カズくーん」

彩乃がイベントで撮ったオカダ・カズチカとのツーショット写真に頬ずりをしていると、

「戻りましたー」

深山が聞き込みから帰ってきた。と、同時に深山の携帯が鳴った。

「はい」

「深山！　ちょっと来い。こっちだ」

電話に出たが、声は直接聴こえてくる。

「え？」

「ちょっと来なさいっての、こっちこっち、ちょっと来い」

深山が声のする方を見ると、佐田が個室のガラス窓から、こちらを見ていた。

深山は佐田の個室に入っていった。

「ちょうどよかった」

携帯で話していた深山と佐田は同時に言った。

「電話はもういいだろ、おまえ」

佐田に言われて深山は電話を切った。

「面白い映像がありましたよ」

「おまえな、依頼人は意識不明なんだぞ？　あ？」

佐田の言うことなどおかまいなしに、深山は佐田のパソコンにＵＳＢを挿した。

「何やってるんだ、おい？　何やってんだよ、何続けてんだよ！」

「防犯カメラの映像です」

おっそいなあ、と、深山はなかなか立ち上がらないパソコンに苛ついていた。

「事務所の支給品なんだよ。俺に文句を言うな。斑目さんに文句を言って」

「はい。あ、きました。これです」

そこには三枝を殴っている谷繁の姿が映った。防犯カメラの時刻表示には、事件が起こった当日の日付23：40と出ている。

「これがなんだよ？」

「ここです。谷繁さんはこのとき、被害者の三枝さんに向かって、『おまえが殺したんだ』って叫んだんですよ」

映像に音声は入っていないが、谷繁が大きく口を開き、何かを叫んでいるのがわかる。

「しかも谷繁さんは、さっき留置場で倒れる前に『あいつが殺したんだ』って言ったんですよ」

「それは被害者がその……被疑者の知り合いか誰かを以前殺したことがあるってことか？」

佐田が深山に尋ねた。

「それを今から調べます」

深山は立ち上がり、背後にいた佐田をどかして歩いていった。リュックは帰ってきたときから背負ったままだ。

「おい、被疑者は意識不明なんだぞ。全ての手続きが停止することくらいおまえ……」

「知ってますよ。でも、肝心なのは……」

深山は振り返って言った。

「事実なんだろう？　知ってますよ」

「そうですか」

「そしてもう一つ、知ってると思うがな、万が一、被疑者が亡くなった場合、おまえがやってるそのことは全部無駄になるんだぞ」

「だとしても、僕にとっては事実を知ることが大事なん……」

「深山！」

佐田は深山の言葉を途中で遮り、怒鳴りつけた。

「旅行、楽しんできてくださいね」

深山は意に介さず、佐田に笑いかけた。

「おまえな、俺が旅行行ってる間、絶対変なことするなよ」

そう言った佐田に、深山は無言で近づいていった。

「……んだよ？」

「飴かな？　お土産。楽しみにしています」

雨降んないかな～。つまらない親父ギャグを言いながら、深山は佐田の個室を後にした。

「今の時期、雨降りません、モナコは！」

佐田は吐き捨てるように言った。

＊

丸川は膨大な資料に囲まれながら、机に向かっていた。

「入るぞー」

稲葉の声がすると同時に部屋に入ってきた。

「お疲れさまです」

「お疲れー」

入ってきた稲葉は、丸川の机に積み上げられた『杉並区資産家令嬢殺人事件①』のファイルを手に取った。

「大友検事正も面倒な件を任せたもんだな」

稲葉がしみじみ言う。

「杉並の再審請求ですか？」

「ああ」

「公判資料読みました。否認事件だったんですね」

丸川は仕事を続けながら言った。

「状況証拠と一つの目撃証言で、有罪まで持っていったからな」

「そのようですね……」

「厄介なのは、この事件の主任検事が高検の十条検事長だということだ。万が一、再審請求が通れば、十条さんの名に傷がつく。しっかり精査して対応しろ」

稲葉はそれだけ言うと、出て行った。

刑事事件専門ルームのモニターに、配送会社の防犯カメラの映像が映し出された。

「以上です」

奈津子は防犯カメラの映像を停止した。

「じゃあ戸川さん、谷繁さんのご家族、調べてください」

深山が奈津子に指示をした。

「はい」

「で、二人は谷繁さんの勤務先に行って、交友関係をあたってもらっていいですか」

「はい」

藤野は鞄を手にし「行こう、明石くん」と声をかけた。

「二十一年……二十一年……」

明石は相変わらず動かず、ブツブツつぶやいている。

「負のオーラがすごい」

藤野は顔をしかめた。

「年に一度の恒例行事なんで大丈夫ですよ」

深山が言うと、明石は突然立ち上がった。

「大丈夫なわけあるかーい！　俺だって毎年毎年好き好んで自分の人生振り返ってるわけじゃないんだよ」

「え？」

「俺はな、おまえがこんなちっちゃくて犬連れてる頃から司法試験受けてんだよーっ！」

明石は親指と人差し指で、こんな、と言った。一寸法師ほどだ。

「何言ってんの？」

深山はまったく相手にしていない。

「明石くん、おじさんが話聞くよ」

藤野が明石の鞄を差し出し、先に部屋から出て行った。

「早く行きなよ」

深山が明石を促した。

「藤野さーん」

明石は走っていった。

行ってらっしゃーい、と彩乃はあきれたように見送った。

「じゃあ僕らは被害者に会いに行こうか」

深山は彩乃に声をかけた。

「会ってくれるわけないじゃない」

「そうだけど、会ってくれるって」

「え？　どうして？」

「わかんないけど、会ってくれるって言うからさ。行くよ」

じゃああとはお願いします、と奈津子に言い、深山は歩き出した。行ってきまーす、と彩乃も後を追った。


深山と彩乃が向かったのは三枝の理白冷蔵株式会社だ。会議室に通されると、そこには会社が受賞した『食品大ヒット大賞』や『食品大会特別商品賞』のトロフィや『優秀技能者　三枝尚彦殿』というプレートがついたトロフィが並んでいた。

「大丈夫ですか？」

深山は尋ねた。現れた三枝は頭には包帯を巻き、顔は傷だらけだ。殴られたと思われる顎には大きなガーゼが当ててある。

「あ、いや、たいしたことは……それより、彼はどんな状態ですか？」

三枝が逆に尋ねてくる。

「まだ意識が戻っていません」

彩乃が答えた。

「そうですか……」

沈痛な表情で答える谷繁を見て、耳に手を当てようとしていた深山は、そうせずに手を下ろした。そして、質問した。

「谷繁さんは、自分で転んで頭を打ったんですか？」

「はい」

「なるほど」

「私のせいになるんですかね。だとしたら申し訳ないです」

「いえ、自分で転んだんですし……」

彩乃は言った。

「いきなり殴りかかられて、腹立たしい部分もあるんですが、助かってほしいです」

「……あの、谷繁さんとはお知り合いですか？」

深山は尋ねた。

「いいえ。初対面です」

三枝は表情を変えずに、目の前のお茶を飲みながら答えた。

「ご家族とか、ご友人とかにお知り合いの方はいませんか？」

「いません」

「殴られたことに対して、何か、思い当たることはありませんか？」

今度は彩乃が尋ねた。

「全然わかりませんね。近くの飲食店で食事をして帰ろうとしたら、駐車場に彼がいて……」

「防犯カメラを確認したんですが、谷繁さんに何か言われてましたよね？　何を言われたんですか？」

「突然のことだったので、覚えていません」

「谷繁さんは、『おまえが殺したんだ』と言っていたんです」

深山は間髪入れずに言った。

「誰かと私を勘違いしたんですかね？　面識もないし、なんの話やら……」

お茶をすする三枝を見ながら、深山は耳たぶに触れた。

＊

帰りに、深山たちは谷繁の病室にやってきた。

「失礼します」

彩乃が入って行くと、人工呼吸器に繋がれて眠っている谷繁の脇で、若い女性が不安げに付き添っていた。妹の美代子（みよこ）だという。

「お兄さんが、誰かを恨んでいたとか、トラブルがあったとか、何か聞いていませんか？」

深山たちは病院内の面会スペースに行き、美代子から話を聞いた。

「とくにありません」

「お兄さんは、『おまえが殺したんだ』と、三枝さんに言っていたんですが」

深山が言うと、しばらく考え込んでいた美代子が口を開いた。

「……実は、私たちの父親は十八年前に自殺したんです」

美代子が話し出すと、深山は耳たぶに触れた。

「二ヶ月ほど前に母が亡くなったんですが、亡くなる直前に、兄と私に言ったんです。『お父さんは、本当は殺されたんだ』って」

「殺された？」

メモを取っていた彩乃が驚きの表情で美代子を見た。

「はい。兄も私も、母からずっと自殺だと聞かされてました。なのに、最期にあんなことを……。それで気になって、兄と、母の遺品を整理していたら、父の手帳が出てきまして……手帳を見たら父が死んだ日に、『PM10　バー山本　12』と書いてあったんです」

「『PM10　バー山本　12』?」

深山は美代子の言葉を繰り返した。

「父が自殺したのは、その夜の十一時過ぎで……」

「死ぬ直前に誰かに会っていたってことですか?」

「そうだと思います」

「あの、ちなみに十二って?」

「わかりません」

「お父さんが亡くなられた場所はどちらですか?」

「父は川崎市で朱蓮(しゅれん)フーズという食品会社を営んでいまして、そのビルの屋上から……」

「なるほど」

「兄は警察に相談に行ったんですが、自殺で処理されてるから、当時の記録は何も残ってないと言われたみたいで」

そこまで話すと、美代子は深山と彩乃に頭を下げた。「兄がやったことは本当にいけないことです。でも、私の唯一の家族なんです。どうか……よろしくお願いします」

「あの、お父さんの手帳って、お借りできますか」

深山が尋ねると、美代子は「はい」と、頷いた。


「谷繁さんは、三枝さんを待ち伏せして、『おまえが殺したんだ』と叫びながら、殴りかかった。しかし、三枝さんは谷繁さんとは初対面だと言っている」

彩乃はホワイトボードを見ながら首をひねっていた。

「じゃあ谷繁さんは三枝さんを誰かと勘違いしてるってことですか？」

藤野は尋ねた。藤野の肩には、明石がもたれかかっていた。藤野は抱きしめるようにして、頭を撫でてあげていた。

「十八年前に亡くなった谷繁さんの父親は、自殺とされてたんですけど殺人だった可能性があるんですよ」

彩乃は答えた。

「妹さんから借りてきたこの手帳によると、亡くなる直前に誰かと待ち合わせをしていた」

深山は借りてきた手帳を見ながら言った。

「谷繁さんはそのことを最近知った」

「谷繁さんのお父さんと、三枝さんとの関係性か……」

彩乃と深山がそれぞれ言ったところに、奈津子がファイルを抱えて入ってきた。

「朱蓮フーズ、十八年前に五車製粉に買収されてたわ」

「十八年前？」

深山は声を上げた。

「一九九八年の十二月」

奈津子は言った。

「十二月？　谷繁さんが亡くなって二ヶ月後だ……」

彩乃はホワイトボードを見ながら言った。谷繁の父親が亡くなったのは一九九八年十月二十三日だ。

「朱蓮フーズについてもう少し知りたいな……佐田先生は休みか」

深山はつぶやいた。

「あ、それ、大丈夫」

奈津子は言った。

「大丈夫？」

言葉に反応して顔を上げた明石を、藤野が「大丈夫だ」と、強く抱きしめた。

奈津子と彩乃が志賀の個室に向かおうとすると、ちょうど志賀と落合が歩いてきた。

「志賀先生、ちょうどよかった。今伺おうと思っていたんです」

奈津子は声をかけた。

「どうかしましたか？」

しかめ面をして歩いていた志賀は、ポケットに入れていた両手を出して、爽やかな笑顔を浮かべた。

「志賀先生って、五車製粉の顧問してらっしゃいましたよね？」

「それが何か？」

「十八年前に五車製粉が買収した朱蓮フーズという会社の取引先、調べてもらいたいんです」

彩乃が言った。

「佐田先生が明日からお休みで、海外に行ってしまって。今、頼れるのは志賀先生だけなんです」

奈津子がいつもとは違う甘えるような口調で言った。

「そうですかー」

志賀はすっかり相好を崩している。その様子を見ていた彩乃は、嫌悪感を抱きつつも、お願いします、と、志賀に頭を下げた。

「僕がやろうか？」

志賀の隣にいた落合が、彩乃にぐいっと近づいた。

「私がやる！」

志賀は「では」と、奈津子に笑顔を向けて、去って行った。

「ありがとうございます」

頼みごとが済むと、奈津子は冷めた口調になり、刑事事件専門ルームに戻っていった。

彩乃は両手を上げて肩をすくめ、矢野通（やのとおる）選手のデ・ニーロポーズを決めながら、奈津子についていった。

それらのやりとりを、斑目がコーヒーを飲みながら聞いていたことには、誰も気づいていなかった。誰もいなくなったロビーで、斑目は右眉を掻いていた。

斑目が自分の部屋に戻っていくと、ザ・タイガースの『君だけに愛を』が鳴り響いた。

休暇中の佐田から着信だ。

「どうですか？　大丈夫ですか？」

佐田が尋ねてくる。

「気になる？」

「いやあ……暴れ馬が暴走してなきゃいいかなと思って」

「いいね。気遣いが」

「そういうわけじゃありませんよ」

「大丈夫。しっかりやってるよ」

「ならいいんですが」

「ゆっくり家族サービスしてくれ」

「わかりました。ありがとうございます」

斑目は会話を終えた。


電話を切った佐田は、自宅のリビングでファイルを見ていた。『事件概要』というタイトルで『被疑者谷繁直樹　被害者三枝尚彦　暴行被疑事件』について記されている。

「ねえパパ、早く荷物まとめてよ、明日旅行だよ」

かすみが声をかけてきた。

「かすみ、トランキーロってなんだ?」

唐突に話題を変えてみた。

「知らない」

「なんか流行ってるのか?」

先日、彩乃に言われた言葉だ。

「知らない」

「スナップチャットみたいな……」

佐田は最近覚えた、若い子の間で流行っているアプリ名を口にしてみる。

「早くしてってば! ねえ、なんでそんな準備したくないのか説明してくれる?」

「トウカイ……」

「説明になってない」

かすみはプイ、と背中を向けて自分の準備の続きにかかった。

「あなた、四時にはこの子預けに行きますからね、早くしてね」

犬のトウカイテイオーを抱いている由紀子が言った。

「ハリーアップ!」

かすみは、佐田に自分の部屋に行って準備をしろと指をさした。

「焦んなよ、おまえ」

そう言いつつ、佐田はなかなかリビングのソファから動かなかった。

＊

東京高等検察庁の十条検事長の個室で、十条と大友がお茶を飲んでいた。

「十八年も前の事件を掘り起こされてもな」

十条はお茶をすすり、眉間にくっきりとしわを浮かべた。

「ええ、まあ……。世の中にはなんでもかんでも冤罪だと騒ぎ立てる輩が多いですからなあ」

「私は正しい判断をした。杉並の殺人の犯人は真島（ましま）だ」

「でしょうね」

ソファのひじ掛けに腕を置いていた大友は、指で板の表面を力強く叩いた。

「それを……。まあ、何かあったときは頼む」

十条に言われ、大友はまたひじ掛けを指で叩き、ゆっくりと立ち上がった。

「手は打っておきます。では、失礼」

大友は十条の部屋を後にした。その目の奥は何かを見据えるように、暗く光っていた。

＊

何か手掛かりはないか。深山は机の上に資料を広げ、チェックしていた。

「四十年三カ月十七日十一時間二十分……ずいぶん生きてきたなあ……」

まだ立ち直れていない明石は、自席でうなだれている。

「深山先生、これ資料室で見つけたんですけど」

藤野が谷繁の父の死亡記事が載った一九九八年十月二十四日の新聞記事を持ってきた。

明石は藤野が入ってきた途端に、腰に抱きついた。

「よーしよしよし」

藤野は大型犬を撫でるように、明石の頭をわしゃわしゃしてやっている。

「藤野さん、これ事件翌日の朝刊ですか」

社会面の一面には大きく、『杉並区資産家令嬢殺人事件』というタイトルの記事が載っていた。『金銭目的の犯行か』『小野美希（おのみき）さん、頭部殴打で殺害』など、大きな文字がいくつもあって事件の大きさが感じられる。『朱蓮フーズ社長自殺か』という記事はその下に小さく扱われていた。

「そうです」

「やっぱり、警察は自殺と踏んでたのね」

彩乃が記事をのぞきこんで言った。

「ファ――――――！」

そこに、ゴルフのかけ声のようなかん高い声が聞こえてきた。みんなが驚いて振り返ると、志賀が戸口に立っていた。みんなに気づいてほしくて声を上げたのだろうに、注目を浴びて気まずくなったのか、顔をしかめ、エヘン、と咳払いをして、入ってきた。

「五車製粉は朱蓮フーズを買収後、朱蓮フーズの取引先と再契約をしていた。これがその資料だ」

志賀は奈津子の顔を見つめながら、深山に資料を手渡した。

「ありがとうございます。じゃあこれ、手分けして、三枝さんの名前があるか調べてもらっていいですか？」

「はい！」

みんなは深山の指示で動き出した。

「五車製粉に朱蓮フーズの……」

彩乃は背を向けている志賀に声をかけた。だが志賀は机で作業を始めた奈津子の顔を見つめていて、振り向かない。彩乃は志賀の首にモンゴリアンチョップをお見舞いした。

志賀が驚いて振り返る。

「五車製粉に朱蓮フーズの元社員の方っていますかね？」

「探せばいるんじゃないか？」

志賀は彩乃には素っ気ない。

「あとはバー・山本か……」

深山は手帳を見て言った。

「その間法律を学ぶこと、二十三年……」

まだつぶやいている明石の言葉に頷きつつ、藤野も作業を続けていた。

＊

彩乃は志賀と落合と共に五車製粉に出向き、当時の事情を知る社員を呼んでもらった。

「……懐かしいというか、悲しい記憶ですが」

聞き取りに応じてくれたのは、五十代ぐらいの男性社員だ。当時を思い出していたのか、うなだれ、ため息をついた。

「ご無理を言ってすみません」

志賀が頭を下げると、隣にいた落合も同じセリフを繰り返した。彩乃は落合のポンコツぶりに顔をしかめた。

「いいえ。谷繁社長には、大変お世話になりました。気さくに冗談を言ったり、本当に優しい方で……。少しでもお役に立てればと思います」

「当時のことを覚えていますか？」

彩乃は尋ねた。

「ええ。社長が自殺した日、私は残業をしていました。すると、帰ったはずの社長が廊下を通ったんです」

「帰ってきたのを見たんですね？」

「ええ。しばらくして、私は社長のハンコがいる書類があるのを思い出し、残っていらっしゃるなら、ついでにと思い、社長室に行ったんです。社長は部屋にいなくて、ふと見たら屋上へ続く階段のドアが開いていて」

「社長が落下した場所ですね」

「ええ」

「普段、社長がそこに行かれることは？」

「なかったですね。そこは社員の喫煙所になってまして、社長は煙草を吸わない方だったんで。で、私は屋上に行ったんです。急に道路の方から声が聞こえて」

その男性社員が屋上に出ると「社長、大丈夫ですか、社長！」と、声が聞こえてきたので、慌てて手すりのところまで走っていき、下をのぞきこんだのだという。

「社長が倒れていて……屋上に、吸いかけの煙草が残されていて……」

屋上のベンチのそばには燻っている煙草の吸殻があった。男性社員はそう言った。

「吸いかけの煙草？」

「はい」

「誰かがそこにいたんですね」

彩乃はたしかめた。

「そう思います。それに社長が自殺なんて考えられません。屋上には誕生日ケーキが置いてあったんです」

ベンチに、紙袋に入ったケーキの箱があったという。

「ケーキか……」

志賀が首をひねると、また落合が同じセリフを繰り返す。彩乃は落合を睨み付けた。

「子どものためにケーキを買っていた人間が、自殺なんてしないと思うんです」

「そのことは警察には……？」

「もちろん伝えました。なのになんで自殺で処理されたのか、不思議で仕方ないんです」

男性社員は今でも悔しそうだった。

＊

深山はバー・山本に来ていた。カウンター席に座り、耳を澄ますようにして、店長の山本に話を聞いていた。

「うん、覚えてるよ。刑事さんに話聞かれることなんて、滅多にないしね。それに、先月、谷繁社長の息子さんがここに来られてね……」

「ここに来られたんですか？」

深山は尋ねた。

「親父さんが亡くなった日に、ここに来なかったか？　って聞きに来たんだよ」

「その話、僕にも教えていただけますか？」

「あの日、谷繁社長はたしかに二十二時頃ここに来たよ。会社も近かったし、いつもご贔屓にしてくれててね」

「誰かを待っている様子でしたか？」

「そうだね。でも電話がかかってきて……」

店には客は谷繁しかいなかった。電話がかかってくると谷繁は席に座ったまま話しだした。

「ああ、社員がまだ残業してると思うから、悪いけど屋上で待っててもら……エルサイズ？」

谷繁の父親は電話をしてきた相手に親父ギャグを言って、一人でガハハハ、と豪快に笑っていたという。

「普段から冗談ばっかり言ってて、いい人だったけどね」

店長は言った。

「あの、十二っていう数字に何か心当たりありませんか？」

「十二？」

「これ谷繁社長の手帳なんですけど、ここ、ここに〝12〟って書いてあったんです。例えば、この店が十二時に閉まるとか」

深山はリュックから出した手帳を出した。

「いや、うちは四時まで営業してるからね」

「……ですよね。あ、先ほど刑事さんが話を聞きに来たって言ってましたよね？」

「ああ。刑事さんに名刺もらえることなんてないから、取っといたんだけどね。谷繁社長の息子さんに渡しちゃって」

「どこの署の誰か、覚えてませんか？」

深山が尋ねると、山本はうーん、と、考え込んだ。


「戻りましたー」

深山が刑事事件専門ルームに戻ると、彩乃と奈津子が話していた。

「お帰りなさい。五車製粉が再契約した会社の中に、三枝さんの会社、理白冷蔵がありました」

奈津子が深山に言った。彩乃が見ている資料をのぞくと『当社における関連会社（業務提携先）のご説明について』というプリントで、業務提携先として『理白冷蔵株式会社・十座水産株式会社・飛雄井乳業株式会社』の三社が書いてあった。理白冷蔵株式会社の文字の横に、奈津子がつけた『↑三枝の会社』という付箋が貼ってある。

「つまり十八年前、谷繁さんのお父さんの朱蓮フーズは、三枝さんの理白冷蔵と取引をしていたということですか？」

彩乃は尋ねた。

「そういうことになりますね」

奈津子はうなずいた。

「仕方ないな。僕が理白冷蔵のことを調べてあげるよ」

なぜか刑事事件専門ルームにいた落合が、彩乃に向かってほほ笑んだ。

「でしゃばるな。この件は私がやる」

やはりなぜかこの部屋にいる志賀が、落合をどかして奈津子にアピールする。

「なんか、前向きですね」

深山は笑顔で言った。

「佐田がいないからな。おまえらだけじゃ心細いだろう」

志賀の言葉に、深山は首をかしげた。

「行くぞ、落合」

志賀はもう一度奈津子にほほ笑みかけると、落合を引き連れて出て行った。

「あの二人、いい声だったなあ」

藤野は志賀と落合の颯爽とした後ろ姿を見送っているが、一方で明石はまだ使い物にならない。

「……五九四三時間……今までの人生……」

自席につっぷし、呪文のように唱えている。

「明石くん、もうその感じ、長いなあ。おじさん飽きちゃった」

「えっ、藤野さ〜ん、そんなこと言わないで〜」

「ダメだ、こりゃ」

席に戻ってしまった藤野に、明石は「かまって〜」とすがっていたが、そんなやりとりにはかまわず、彩乃は深山に尋ねた。

「そっちは何かわかった？」

「うん。谷繁社長はバー・山本で誰かと待ち合わせをしてた。そこに電話がかかってきて、会社の屋上で会うことになったらしい」

二人は互いに資料を見ながら、背中合わせで会話を続けた。

「こっちも、社長が屋上に上がったことは確認できた。しかも、社長は煙草を吸わないのに、屋上には吸いかけの煙草が残ってたらしいわよ」

「屋上で煙草を吸う人物と一緒だった……」

「それが三枝さんだったってこと？」

「まだ確証はないね。あとは十二か……」

深山は自分の机に腰を下ろし、彩乃の方に向いた。

「ああ、十二、なんの数字だろう？」

「うん、この人を探すか」

深山はメモしてきた『南部署　捜査一課　水鳥挙』という文字を見てつぶやいた。山本が思い出してくれたのだ。振り返った彩乃がのぞきこむとすぐにノートを閉じ、ホワイトボードを見に行った。ムカついた彩乃は、深山の後ろ姿に向かって「ハンターチャンス！」と、深山に向かって指をさした。

「柳生博さんですか？」

藤野が尋ねてきた。伝説のクイズ番組『100万円クイズハンター』のかけ声だ。

「違います『ハンタークラブ』です」

彩乃は、新日本プロレスのヒール軍団に対抗するためにヨシタツ選手が結成を表明したクラブ名を口にした。

*

彩乃は深山と連れ立って警備会社に赴いた。廊下を歩いていると『アイルビーゼア白目むかずに頑張ります！』という永田裕志選手のポスターが貼ってあり、彩乃は「ああ！」と思わず声を上げ「ゼア！」と敬礼のポーズをした。

「どうぞー！」

深山に呼ばれ、彩乃は立ち去りがたい思いで部屋に入っていった。

「突然すみません。警察を辞めてからこちらにお勤めだとお聞きしまして」

彩乃は深山の隣に腰を下ろした。向かい側に座っている水鳥挙は、元警察官というだけあって、かなりガタイがいい。まだそれほど暑い季節ではないが、パタパタと扇子で仰ぎながら、深山と彩乃が渡した名刺を見ていた。

「谷繁さんの件か……。この間、息子さんがここに来たよ」

「水鳥さん、バー山本で聞き込みされてますよね？」

深山が尋ねると、水鳥は頷いた。

「あの事件の担当だったんだ。刑事部に異動になって一年目のときだった」

「谷繁さんが、転落する直前まで屋上で誰かと一緒にいたという目撃証言がありましたよね？」

「他殺の線は考えられなかったんですか？」

彩乃と深山が続けて質問した。

「……俺も、あの自殺には違和感を感じていた。普通、自殺しようとする人間は誕生日ケーキなんて買わないよな」

「じゃあなぜ自殺で処理したんですか？」

「ちょうど同じ日に、杉並の管内で資産家の娘が殺害される事件が起きたんだ。親が経済界のお偉いさんで、マスコミも大きく取り上げた。まあ、警察としてはメンツにかけてこの事件を早期に解決しなきゃならなかったんだ」

「じゃあ谷繁さんの件は誰も捜査しなかったということですか？」

「俺が一人で調べることになってな。目撃証言と朱蓮フーズの関係者をひと月ほどかけて徹底的に洗った。で、一人の男が捜査線上に浮上してきたんだ」

「三枝尚彦さんですよね」

深山が言った。

「なんだ。知ってんじゃないか」

水鳥は持っていた扇子を折りたたんでポンと机に投げた。「三枝の会社は当時経営難になっていた。それで取引先の朱蓮フーズに出資をお願いしたが、谷繁社長に断られたんだよ」

「動機はあったってことですね」

「社長が亡くなった日に、朱蓮フーズの近くで三枝を見かけたという証言もあった。しかも屋上に残されていた煙草の吸殻から、三枝の唾液の成分が検出されたんだ」

「なのになぜ逮捕しなかったんですか？」

彩乃は顔をしかめた。

「証拠不十分の一点張りだよ」

「そんな杜撰(ずさん)な……」

「あー組織なんてものは、そういうもんなんだよ！」

水鳥が勢いよく彩乃を指さした。

「いっちゃうぞバカヤロー？」

彩乃はプロレスラー・小島聡(こじまさとし)が飛び技に行く前の指さしポーズを口にした。

「あ？」

水鳥に尋ねられ、彩乃はなんでもありませんと、首を振った。

「あの、ひとついいですか？」

深山が乗り出した。「谷繁社長の手帳に〝12〟という数字が書いてあったんです。捜査の中で、その数字にまつわることって何かありませんでした？」

「十二？　いや、わからないな」

水鳥が指で目を見開いて目薬をさしていると、またプロレスのポーズに見えたようで彩乃は小声で「カブロン」とつぶやいた。

＊

その夜、深山は『いとこんち』で新玉ねぎを切っていた。

「十八年前、谷繁社長は亡くなる直前に誰かと会ってた。屋上には吸いかけの煙草があり、三枝さんの唾液成分も検出された。目撃証言もあったのに、それらは黙殺された……」

料理をしながら考えを整理している深山の向かい側で、明石はポラロイド写真で自分の顔を撮影し、カウンターに並べていた。

「おまえたちが一生懸命勉強してくれてたこと、俺が一番よく知っている」

「うーん……証拠不十分」

深山は豚肉に塩コショウをふる。

「何年同じことやってんだよ、おい？　しっかりしろ」

坂東が明石の肩を叩いたところに、昔からの常連の二人が顔を出した。二人ともえんじ色のジャージにアフロヘアだ。

「おお！　武田(たけだ)！　そして西田(にしだ)！　おかえり」

坂東が二人を迎え、三人でひとしきり盛り上がった。

「おい大翔！　元気か！」

武田がカウンターの中にいる深山を見つけて声をかけたが、料理に集中しているので聞こえない。

「……バー・山本で会うはずだったのが三枝さんだと断定できれば……いや、置いといて……」

深山は新玉ねぎを巻いた豚肉をフライパンで焼いた。

「いやー、さすがに無謀だったわー。リヤカーで回る全国ツアー」

「リヤカーなんて斬新だし、興味持って拾ってくれるテレビ局とかあるかなあと思うじゃん？　一切なし！」

武田と西田は坂東に報告をした。二人はコミックバンド『エレキングス』として『日本一周路上ライブの旅』に出ていたが、まったく話題にならなかったという。

「PM10、バー・山本、12……12……12……」

深山は焼きあがった豚しゃぶの新玉ねぎ巻きにフレッシュトマトをのせ『深山の自家製ポン酢』をかけながらさらに考えた。

「おお、いたのか赤信号、久しぶり！」

武田たちが明石に気づき、声をかけた。

「誰が赤信号だ！」

「相変わらず、人生止まっちゃってんのか？」

武田が明石の腕を叩いた。

「ああ、止まっちゃってるよ！」

「なんだこらぁ、表出ろや！」

「上等だよ！」

明石が武田と一緒に店を出て行ったとき『深山の豚しゃぶの新玉ねぎ巻き～フレッシュトマトたっぷりのせ～』が完成した。深山はカウンターにその皿を置いた。

「あれ、明石さんは？」

「出た、外」

坂東が答えるのと同時に、

「ヒーロト！」

加奈子が入ってきた。

「来たな、また今日も」

坂東が言うのにもかまわず、加奈子はギターケースを開けた。そこにはぎっしりと荷物が入っている。

「ギターじゃねーのかよ、おい」

坂東にまたもやツッコまれているが、加奈子には坂東の声は聞こえない。

「新しいＣＤ持ってきた、ヒロくんに一番に聴いてほしくって」

加奈子は深山に新曲『めし！　めし食ってる!?』のＣＤを見せると、坂東に、これ貼っといて、と、ポスターを渡した。

「あれ？　タケシの妹だよね？」

武田が加奈子に声をかけた。

「そうだけど、あなた、誰？」

「俺、俺、俺だよ、ブタマン！」

「ブタマン!?」

加奈子は目を見開いた。

「知ってんの？」

坂東が尋ねたけれど、数年ぶりの再会を果たした二人は盛り上がっている。

「ブタマン！　奇遇！」

「俺も初めて聞いたよ。おまえの名前はだって武田満だろ？」

相方の西田が武田に尋ねた。

「そう、だから武田の武が武士のぶ、でしょ」

「はいはいはい」

「で、田んぼの田でブタ」

「あ――ブタ」

西田も坂東も頷いている。

「で、満が満月のマンでブタマン」

「あーあーあーあー」

西田と坂東も納得した様子だ。

「フッ……武田の武が武士のぶ……」

深山が笑っていると、

「笑顔も素敵」

加奈子はうっとりしながらウィンクをする。

「おい！」

そこに明石が入ってきた。「いつまで待たせんだよ。今か今かと待ってんのに」

「忘れてた」

武田は言った。

「何忘れてんだよ！」

明石の怒りのメーターは上がる一方だが、

「明石、明石、もう嫌なことは忘れてさ、今日は楽しく飲もうよ」

坂東はポンポンと肩を叩いた。

「あんなに一生懸命勉強したのに……」

明石はまた泣き始めた。

「何？　何泣いてんの？　話が読めなーい！」

武田は爆笑した。するとついにブチ切れた明石が武田の胸ぐらをつかんで外に出て行った。

「田んぼの田に満月のマンでブタマン！」

つぶやきながら、深山はハッとひらめいた。

「かわ……いい♡」

加奈子の目はすっかりハートになっている。

「そんなあだ名は、やあだな」

親父ギャグに笑いだす深山に、さすがの加奈子も「ちょっとやだ」と、引き気味だった。

「そんなあだ名は、やあだな」

深山はなぜかもう一度つぶやいた。

＊

翌朝、深山と彩乃は理白冷蔵の三枝のもとを訪れた。

「どうなさいましたか？」

迎え入れてくれた三枝は、もうすっかり包帯もガーゼも取れている。

「朝早くにすみません。少しお伺いしたいことがありまして」

勧められた椅子に腰を下ろすと、深山はさっそく切り出した。

「なんでしょう？」

「谷繁さんとは面識がない。そう仰っていましたよね？」

「ええ、ありませんが」

「谷繁さんのお父さんとは？」

「谷繁っていう名前に覚えはないですね」

「十八年前、一番多く取引をしていた食品会社を覚えていますか？」

「そんな昔のことは覚えてませんね」

三枝は笑い飛ばすように言った。

「十八年前といえば、ちょうどこちらの理白冷蔵さんが経営難に陥っていたのを、五車製粉からの融資で立て直した年です。その前に取引していた会社は印象に残っていると思いますが」

彩乃が三枝の前に資料を置いた。

「そんな年でしたか」

三枝は資料に目を落としてつぶやいた。

「朱蓮フーズ。覚えていますよね？」

深山は書類の文字を指さした。

「思い出せませんね」

「あなたが取引していた会社ですよ？」

彩乃が強い口調で言った。

「記憶が曖昧なんですよ」

「うん、質問を変えましょう。一九九八年十月二十三日の、夜十一時頃、あなたはどこにいましたか？」

深山は尋ねた。

「そんな昔のこと覚えてるわけないじゃないですか」

三枝は覚えていないの一点張りだ。

「谷繁さんのお父さんが亡くなった日です。あなたはどこにいましたか？」

「そんなの覚えてないし、谷繁社長が死んだことも知りませんよ」

「あれ？ 谷繁社長？ 谷繁さんのお父さんがなぜ社長だと？」

深山はすかさず三枝の言葉の矛盾点を指摘した。三枝は憮然とした表情になる。

「谷繁さんのお父さんは朱蓮フーズの社長さんだったんですよ。知ってました？ もちろん知ってますよね？ 取引先の社長さんですもんね」

深山が問い詰めると、三枝は煙草を取り出して火を点けた。途端にふてぶてしい態度になり、椅子にふんぞり返る。

「もう一度お聞きしますね。谷繁社長が亡くなられた日の夜十一時頃、あなたはどこにいましたか？」

尋ねる深山を、三枝は値踏みするような顔でじっと見ている。

「谷繁社長と会っていましたよね？」

「会ってません」

「谷繁社長が飛び降りたとされる会社の屋上には、誕生日ケーキが残されていました。

谷繁社長は煙草を吸わない方だったのに、吸いかけの煙草が残っていたんですよ」

言いながら、深山は三枝の前にガラスの灰皿を置いた。

「……私には関係のないことです」

「そしてその吸い殻からは、あなたの唾液成分が検出されています」

「そんなのいつ吸ったのかわからないじゃないですか。証拠になりませんよ」

「あなたは会社の資金繰りに困り、谷繁社長に出資をお願いしたが、断られてたんですよね？　それを恨み、再度会社に話しに行ったが、断られ、谷繁社長を屋上から突き落とした。その当時捜査していた刑事さんから、あなたの目撃情報があったことも聞いてますよ。谷繁社長は亡くなる直前まで、あなたと一緒にいた」

「いません。何度言ったらわかるんですか？　帰ってください」

「まだシラを切るつもりですか」

「私はこれで。仕事がありますので」

三枝は立ち上がり、部屋を出て行こうとした。

「十二さん」

深山が呼びかけると、三枝は振り返った。そして、なんとも言えない表情で深山を見つめた。

「十二さん、ですよね」

深山の問いかけに三枝は無言だった。

「谷繁社長の手帳に書いてあったんですよ、ほら、ここを見てもらっていいですか？これ。『12』という数字が。これって、あなたの苗字の〝三枝〟を別の読み方でつけたあだ名だったんですよね。サンシ」

「サンシ？」

彩乃が首をかしげた。

「サンシ、12」

深山は得意げに言い、クックッ、と肩を揺らして笑った。

「ダジャレかよ」

彩乃は呆れて言った。

「僕もダジャレが好きなんですよ。あの日、谷繁社長と待ち合わせをしてたのは、間違いなくあなたです」

「だとしたら？」

三枝がふっと笑みを漏らした。

「検察に再捜査をしてもらいます」

「残念だが、私はあそこにはいられなかったんだ」

その言葉に、深山は眉をひそめた。

「とぼけてもかまいませんが、捜査の手は及びますよ。覚悟してくださいね」

彩乃が熱くなって立ち上がる。

「検察にいくら話しても捜査なんてされない」

けれど三枝は冷静だ。

「何を言ってるんですか？」

「私はね、公明正大な場で証言をしたんだ」

「どういうことですか？」

「警察にでも、検察にでも言うがいい。誰も私を逮捕することなんてできない」

三枝は二人を小馬鹿にしたような顔で笑うと、部屋を出て行った。


「とにかく、検察に報告して再捜査してもらいましょう」

理白冷蔵を出た彩乃は、怒りまかせに言った。だが、深山はその場で立ち止まった。

そしてリュックを下ろして地面に座った。

「ちょうど同じ日に、杉並の管内で資産家の娘が殺害される事件が起きたんだ……」と言った水鳥の声が深山の頭の中で渦巻いている。深山はリュックを探り、新聞記事を取り出した。谷繁の父親が飛び降り自殺をしたという小さな記事の上には『杉並区資産家令嬢殺人事件』が大きく取り上げられていた。

「……もしかして」

深山は彩乃の顔を見た。何かを言おうかと思ったが、結局何も言わずに走りだした。

彩乃は理白冷蔵の前に一人、残された。歩道に仁王立ちになり、遠ざかっていく深山の背中に向かって、手のひらをかざした。

「待ちたまえ！」

覆面レスラー・キャプテン・ニュージャパンのお約束のセリフを口にしてみたが、深山の後ろ姿はどんどん遠ざかっていく。

「効かねえか」

彩乃は慌てて深山を追った。

同じ頃、丸川は東京地検の自席で『杉並区資産家令嬢殺人事件』の分厚い資料を開いた。人さし指で追いながら、大事な部分を目で追っていく。目撃者の証言を読み終え、丸川は指を止めた。一通の調書に書かれた担当検事の名前は……。

＊

サングラスを頭にかけ、リゾートファッションに身を包んだ佐田は、スーツケースを三つ押しながらマンションのエントランスに出てきた。

「パパ、早く！」

前を行くかすみが振り返った。

「ちょ、待てよ！」

必死でついて行くと、由紀子が足を止めた。

「あ、おはよう」

「おはようございます」

由紀子が挨拶をかわしている相手は、深山だった。隣に彩乃もいる。

「グッドモーニング！」

かすみも挨拶を返している。

「すみません、佐田先生」

彩乃が遠慮がちに切り出した。

「なんだ、おまえらこんなところまで……」

「それが……」

彩乃は言い淀んだ。

「先に車に入ってるね」

由紀子が空気を察し、かすみを連れてその場を離れた。

「ちょっとママ？　鞄……マ、ママ……」

佐田が声をかけるが、由紀子とかすみはさっさと行ってしまった。

「なんだよ。時間がないんだよ。話があるなら早く済ませろ」

佐田は深山たちに向き直った。

「旅行、延期してもらえませんか？」

深山はニヤニヤしながら言った。

「旅行を楽しんで来いと言ったのはおまえだよな。十分に楽しんできます」

「関係ないはずの二つの事件が繋がっちゃったんですよね」

「はあ？」

「十八年前、杉並区で起きた『資産家令嬢殺人事件』を覚えていますか？」

深山が近づいていくと、佐田の顔色が変わった。

「何年も再審請求されている事件です。この事件は、一人の目撃証言をもとに犯人が逮捕されています。本人は一貫して否認していましたが、無期懲役が確定している。犯人の逮捕の決め手となった目撃証言をしたのは、今回の谷繁さんの事件の被害者、三枝尚彦さんなんですよ」

深山は佐田から視線をはずすと、後ろで手を組んで歩いていき、エントランスの外の木立を眺めた。

「おかしいんですよね。三枝さんが杉並の殺人事件の犯人を目撃した、と証言した時間には、三枝さんは谷繁さんのお父さんと一緒にいたはずなんですよ」

「しかも、谷繁さんのお父さんを殺害した容疑で捜査線上に浮上していました。なのになんらかの圧力がかかって捜査が打ち切られていたんです」

彩乃が言った。

「なぜそうなったんでしょう？　説明して欲しいんですよ。杉並の事件の担当検事だった、佐田先生……あなたに」

深山は振り返り、険しい表情を浮かべている佐田と睨み合った。

Cast

深山大翔（みやまひろと） …………………… 松本潤
佐田篤弘（さだあつひろ） …………………… 香川照之
立花彩乃（たちばなあやの） …………………… 榮倉奈々

丸川貴久（まるかわたかひさ） …………………… 青木崇高
明石達也（あかしたつや） …………………… 片桐仁
藤野宏樹（ふじのひろき） …………………… マギー
戸川奈津子（とがわなつこ） …………………… 渡辺真起子
落合陽平（おちあいようへい） …………………… 馬場徹
佐田由紀子（さだゆきこ） …………………… 映美くらら
坂東健太（ばんどうけんた） …………………… 池田貴史
加奈子（かなこ） …………………… 岸井ゆきの
志賀誠（しがまこと） …………………… 藤本隆宏
深山大介（みやまだいすけ） …………………… 首藤康之

大友修一（おおともしゅういち） …………………… 奥田瑛二
斑目春彦（まだらめはるひこ） …………………… 岸部一徳

TV STAFF

脚本 …………………… 宇田学

トリック監修 ……… 蒔田光治

音楽 …………………… 井筒昭雄

プロデュース ……… 瀬戸口克陽
佐野亜裕美

演出 …………………… 木村ひさし
金子文紀
岡本伸吾

製作著作 …………… TBS

BOOK STAFF

脚本 …………………… 宇田学

ノベライズ …………… 百瀬しのぶ

装丁 …………………… 市川晶子（扶桑社）

校正・校閲 ………… 株式会社ゼロメガ

DTP …………………… Office SASAI

編集 …………………… 佐藤弘和（扶桑社）

企画協力 …………… 塚田恵
（TBSテレビメディアビジネス局
マーチャンダイジングセンター）

日曜劇場『99.9』
刑事専門弁護士
SEASONI(上)

発行日　2021年12月2日　初版第1刷発行
　　　　2022年2月20日　第4刷発行

脚　　本　宇田学
ノベライズ　百瀬しのぶ

発 行 者　久保田榮一
発 行 所　株式会社 扶桑社
〒105-8070 東京都港区芝浦1-1-1 浜松町ビルディング
電話 (03) 6368-8870(編集)
(03) 6368-8891(郵便室)
www.fusosha.co.jp

企画協力　株式会社TBSテレビ

印刷・製本　株式会社広済堂ネクスト

ISBN 978-4-594-09006-7